應用叢書

文字遊戲跑跳碰

——如何製作漂亮標題

馬西屏　著

三民書局

國家圖書館出版品預行編目資料

文字追趕跑跳碰：如何製作漂亮標題／馬西屏著.——
初版一刷.——臺北市：三民，2007
面； 公分.——(應用叢書)

ISBN 978-957-14-4673-8 (平裝)

1.(標題)新聞

893.4 96005284

 文字追趕跑跳碰
——如何製作漂亮標題

著作人 馬西屏
責任編輯 邱垂邦
美術設計 李唯綸
發行人 劉振強
著作財產權人 三民書局股份有限公司
發行所 三民書局股份有限公司
地址 臺北市復興北路386號
電話 (02)25006600
郵撥帳號 0009998-5
門市部 (復北店) 臺北市復興北路386號
(重南店) 臺北市重慶南路一段61號
出版日期 初版一刷 2007年4月
編號 S 890910
基本定價 參 元
行政院新聞局登記證局版臺業字第〇二〇〇號

ISBN 978-957-14-4673-8 (平裝)
http://www.sanmin.com.tw 三民網路書店

與文字追、趕、跑、跳、碰（重寫弁言）

從新聞標題，到廣告、宣傳、文案、選舉文宣，以至於各式各樣的文字運用，都是一門學問，都要費心去研究。

因為受到語言變化影響，公眾化文字運用就必須符合時代的需要與潮流，例如以前沒有火星文，現在若從事的是公眾化文字運用，你能忽視火星文的存在嗎？青少年的廣告用了火星文會發生什麼傳播效果？

另外是受到硬體進步的影響，從電腦的出現，到電子報，以及部落格、新聞標題、到廣告、宣傳、文案，以至於各式各樣的文字運用，都不可避免的受到衝激，而無法再墨守成規。

但是，新的規則為何？這就需要進行研究，收集資料、觀察變化、找出變項、建立共通的規則。由於這樣的變化一直持續在進行，所以是一項無止盡的研究。

本書是第一本研究臺灣新聞標題用字變遷，並建立規則的書，而且原理原則也適用於廣告、宣傳、文案，以至於各式各樣的文字運用。

我在民國八十七年五月出版了《標題飆題》一書，這是坊間第一本以如何作標題為主體的專著，沒想到引起了廣大的迴響，尤其是各大報紛紛購買，成了編輯檯上必備的工具書。民視電視臺新聞部特別邀請我去替所有的編輯上課，東森電視臺也作出了同樣的邀請，而且當天連負責人戎撫天兄、發言人陳正毅兄、總編輯陳為君兄都全程參與。

聯合報市政組召集人邀我到聯合報與全體市政編輯互相切磋，從下午兩點一直到六點上班仍欲罷不能，大家買了便當繼續討論。我曾經應中國時報地方新聞組主任的邀請，在陽明山上與北臺灣所有的中國時報地方特派員、召集人、記者，分三批大家一起切磋新聞採訪寫作，非常的愉快。作為一名在中央日報服務的媒體人，能有機會與聯合報編輯切磋編輯、與中國時報記者切磋採訪寫作，恐怕是前所未有的，將來也不會再發生。

事隔九年，有了全面重寫此書的念頭，因為變動太快，舊的規則不斷的在解體，新的規則有賴研究，其中最主要的變化有五點：

第一、蘋果日報的出現，不管你喜不喜歡這份報紙，但是學新聞不能看不到它的存在，蘋果日報巨大到無法忽視，且對用字帶來新的衝激。

第二、年輕人的新式語言大量出現，目前標題上雖然火星文還很罕見，但是用注音符號與英文已經來勢洶洶，成為新的標題族群。

第三、走在狂亂與暗喻鋼索的「鹹濕性標題」，已經從以前禁忌變成了新興寵兒，而且勢頭方興未艾，未來會越來越熱門，做為文字運用的書，你不能忽視它的存在。

第四、在民國八十七年時，諧音與嵌字還被視為外道的把式，但是現在已經是社會強勢語言，無論是招牌、宣傳、競選、看板等等，都常利用諧音與嵌字，達到博人一笑的目的，所以這一部分本書用了相當的篇幅特別加以強調。

第五、仔細觀察當前各大學的學校媒體，研究發現在校生有三大天敵：程序題、空洞題、口語題，如何破解這三大迷思，本書著墨甚多。

希望重寫這本書，能與有志於從事標題、廣告、宣傳、文案，以至於各式各樣文字運用的人，彼此互相切磋勉勵，而且深信幾年之後，也許還要全面重寫（不是修訂），因為時代的變化太快，文字的使用永遠是值得研究的迷人課題。

與文字一起追、趕、跑、跳、碰，其實是一件很愉快的事，大家一起打開書來與文字碰撞吧。

文從字順各識職（代序）

民國七十六年政府開放報禁，不僅打破了張數的限制，也帶給新聞寫作和標題製作一個全新的衝激，花俏詞彙蜂湧而出，強烈撞擊著傳統編輯學的大門。舊的規範和教條，在版面上一一遭到顛覆，一場編輯實務的巨大革命，正在各報編輯檯上進行。

筆者在報社工作，深深感受到舊的觀念和規範快速瓦解，而新的方向還在摸索。同時筆者在文化大學新聞系、華梵大學傳播教育學程任教，發覺同學們面對此一新變化，也苦於缺乏指導和資訊。因此著手搜集資料，撰成多篇文章，如今集結成冊，盼對實務界和教學界有所助益，替這場新聞革命留下見證。本書也是坊間此類型的第一本專著。

玩弄文字遊戲本是中國文人社群的專長。中國文字的演進，是由表形，表意至表音，形聲義的繁複，提供了中國文人一個文字表演的舞臺。而各報的花俏編輯先生小姐流動著文字遊戲的傳統血脈，以版面做田畝，盡情筆耕著文字魔力的種子。

但是古人要「兩句三年得，一吟淚雙流」，或是「吟成幾個字，撚斷數根鬚」。而今日編輯短短數小時，就想要妙句泉湧，毫端靈動，企圖「下筆驚讀者，題成泣鬼神」，恐非易事，所以觀今日各報，固然好題層出，但生硬搬湊，失手蹇滯之處更多。

因此，本書一方面在指出當前花俏標題及寫作的趨勢，並加以歸類分析，從中找出製題準則，做為實務界及學子們的參考；另一方面，則在尋找花俏標題製作的變與常，知所避趨。

平心而論，當前花俏標題的製作，有些已經走入偏鋒，編輯們為花俏而花俏，往往筆力未逮，偏喜自炫，反成瑕疵。

因此在閱讀本書之前，必須先加以忠告，標題和新聞寫作，固可追求「一語新奇萬古存」的奇趣，但「鉛華落盡見天真」應是常態。

當前，花俏標題蓬勃之勢已顯，且蔚然隱成風雲。為了提高讀者的讀報樂趣，引發讀者的注意，帶給讀者意外的驚喜，花俏標題絕對值得提倡，並成為評斷編輯功力的指標，筆者出書的目的也在此，希望能拋出一塊磚，在版面上引發金玉。

但是也要不憚其煩的再三指陳，必須做到文從字順各識職，尤其要避免畫虎不成反類犬，將「花俏」變成了「詭異」。

劉勰就主張玩弄文字遊戲一定要避「詭異」。他說：「今一字詭異，則群句震驚；三人弗識，則將成字妖矣。」如果經由本書的提倡，版面字妖處處，豈非罪過？因此避妖之法，應是昭明太子的名言：「事出於沉思，義歸乎翰藻」，如此標題才能成為版面和讀者之間的橋樑。

讓閱報成為一種享受，一種快樂，讓文字的魔力飛揚，花俏標題讓版面「一字得力，通首光采」。

本書中部分篇章，中央日報、中國時報皆曾在內部刊物轉載，中央社、民生報曾影印分發，供內部同仁閱讀，聯合報系等友報也曾在布告欄張貼，顯示實務界需要這樣的一本書，筆者力有未逮，以此書為磚，盼引發金玉之作，是為至禱！

文字追趕跑跳碰——如何製作漂亮標題

目次

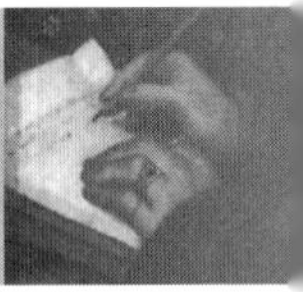

一、標題製作的原則與方法

目前國內有好幾本「新聞編輯學」教材，內容也甚佳。

但是，一本「新聞編輯學」為了達到全方位的觀照，用了很多篇幅在編輯學的意義、政策、方針、條件、道德倫理等理論的論述。而在實務操作上，又包括了字體、版面、結構、照片等，因此只能有一小節論及標題製作，往往點到為止，而無法盡情發揮。

以筆者多年的實務經驗，諸多的編輯技巧，諸如字體、版面、標題形式與結構、照片等，新來的編輯一個月內就能進入狀況，尤其是電腦的進步，藉由電腦排版的工具性操作，上述技巧更為簡單易學。唯一最大的困擾表現在標題的製作上。

所以，聯合報的《編採手冊》就指出：

> 標題製作，規矩可求，易學難精，無論理論與方法，都不是片言可解的。一則好

> 的標題，除了外觀的配字適當與文詞工整外，它內涵的意旨、氣勢、節奏等等，都很重要，還有待各自的揣摩，共同的研求。但是，它正如藝術創作，先求其熟，而後生巧，首得其正，庶免於偏。

聯合報將標題製作比為「藝術創作」，一言中鵠。一則出色的標題，本身的文字美感，就是一件文字藝術的結晶。

但是坊間卻缺乏「標題文字學」的專書，紐撫民先生曾寫過單篇〈社會新聞花俏標題〉一文，唯僅止於社會新聞，讓欲學步者苦無途徑，而且這幾年隨著民主政治開放的腳步，標題製作呈現飛躍的劇變，許多編輯傳統法則一一解體，原理原則遭到徹底的顛覆。

因此，新的法則理論亟待建構。

以前的製題準則是：「用最少的字說最多的事」，所以胡傳厚師就認為一個好的標題應該盡量包括6W（事、人、地、時、為何、如何）。後來筆者進新聞界，被教導的準則改為：「用最簡潔的字說最重要的事」，此一準則在三大張報紙時代，自有圭臬作用。但是報禁開放之後，張數和版面劇增，新的準則應是：「用動人的手法達到引人閱讀的效果」。

簡單的說，以前的標題製作，強調「忠實」，著重索引的引導作用。現在的標題製作，強調「生動」，著重誘惑讀者的作用。

為何要「誘惑」？根據鄭貞銘師的說法：「現代人閱報平均每一版耗時一分零五秒。」如何在眼光如此短暫的駐足中，獲得讀者的青睞，掌控讀者的閱讀動線，就要靠標題來誘惑。

柳閩生先生說得更清楚：「標題是文章的面具，比內文注意力高五倍，報刊的閱讀誘因百分之五十來自標題，帶點創意，有點感官樂趣，能明確滿足讀者好奇、利益、需求的標題，閱讀率可能高達百分之七十五。」

所以在版面的字海中，標題就是豐盈的餌，要引誘讀者上鈎，一個傑出的編輯就是傑出的釣者。

當然，不是說形式結構不重要，各種形狀的標題，如梯形題、居中題、上下題、對稱題、破半題等，都具有引人效果，但效果不及標題，且易學易工，遠不如標題文字如此繁複，如此千變萬化。

以前的編輯學是不贊同花俏標題，例如葛永家先生就曾為文批判。荊溪人師也曾在《報學》中為文提及，赫斯特所辦紐約日報標題常嚇人一跳。有次刊了二整頁的桃色新聞，標題是：「今日羅曼史　女人——多愁、多愛、多詐　多恨、多懼、多情人」，竟然引起美國名編輯人麥柯蘭搖頭喟然而嘆。

事實上這個標題在今日看來，已稀鬆平常，引不起一絲的驚嘆，比它更花俏驚人的標題早已「一拖拉庫」。例如聯合報（八七、三、七）廿五版頭條：「跟劉德華度春宵？一拖拉庫女生想死了」，這種標題連赫斯特都會瞠目結舌吧！

一則好的標題，其必要條件是簡潔、有力、直指核心。充分條件則有以下五端：

(一)別出心裁（生動）

也就是用比擬譬喻的手法，讓所要表達的主旨飛動於翰墨，栩栩如生。例如政府決定耗費鉅資在高雄外海進行人工魚礁計畫，希望能吸引魚群聚集，增加漁民的魚獲量。如此生硬的一條新聞，筆者題曰：「政府在南部海域替魚兒建花園洋房」。

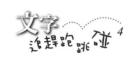

這種形式使標題詼諧有趣，本書第九章的片名標題、歌名標題、書名標題，以及第十章的流行語標題，就屬於此類範疇。

但是，在做比擬譬喻時，必須掌握住三個原則：

第一不能過度做譬喻，反而成了「抽象」標題，讓人看不懂內容。例如騎術比賽的題：「秋高一縱騎　蹄逐草痕香」，就比喻過頭了，標題不能有「朦朧的美感」。

第二是不能亂用喻。一則有關北投神女有病者多的新聞報導，題為：「勸君折花慎伸手　當心摸到爛香瓜」。這個題也太富有想像力了，而且為何不是西瓜、蘋果或芭樂？一定是香瓜？香瓜也太無辜了。

第三是不宜黃色或黑色。例如社會新聞中名震千古的題，講變性人：「瘦了櫻桃肥了芭蕉」，這個題比喻得妙是妙，能不能在大眾媒體上出現，恐怕各方的見解不一。尤其是不宜黃色或黑色，在筆者的心中，仍是指標，但是做為一名在大學開設「版面設計與標題製作」課程的老師，從實務的角度而言，黃色與黑色不但禁不了，而且有不可避免的劣幣驅逐良幣的趨勢。

(二)玩弄字的魔術(趣味)

前一個講的是生動,現在講的是趣味。例如當年俊俏的省府發言人黃義交與前妻鄭春悅、新歡何麗玲、舊愛周玉蔻的新聞,筆者做了個題:「鄭春悅　怨悔已逝那個他」、「周玉蔻　有怨無悔不談他」、「何麗玲　無怨無悔支持他」。這就是文字的魔術所構成的趣味。

再如民國三十七年一個極富盛名的標題,當時左舜生將嫁女兒,傳來接掌農林部,題為:「左門雙喜:將入閣的父親　將出閣的女兒」。

本書第五章諧音標題、第六章嵌字標題、第七章文學標題,皆屬此一類型。玩弄字的魔術,本意在「點鐵成金」,增加閱讀的趣味,最忌是「點金成鐵」,虛費力氣;更忌為聳動讀者視聽,矯飾誇張,自以為酣暢淋漓,讀者卻感平庸,甚或厭鄙,那就畫虎不成反類犬了。

本書的第十四章〈新聞寫作與標題的西化問題〉,就是談論這樣的問題。

㈢營造意象（鮮活）

大陸知名作家余秋雨訪臺，在歷史博物館演講時說：「文章由語言組成，文學的語言則由感覺組成，由小感覺組成大感覺，由具體感覺組成整體感覺。文學的世界，說到底是一個由語言營造感覺的世界。」

「由語言營造感覺」就是鮮活。

例如國華空難事件，我們做了個題：「機身與希望　全都碎了」，就很鮮活。又如當年圍棋大國手林海峰出戰剃刀坂田，題曰：「坂田落子琤琤　海峰小心奕奕」，意象和場景直逼眼前，有聲音，有神情，有動作，很鮮活。

上等的標題，一方面將事物的情狀點出，一方面又介紹了實體意象，就像白居易的「玉容寂寞淚闌杆，梨花一枝春帶雨」，即是實景意象，又涵蘊情狀。

本書第八章的複字標題，就是鮮活的最佳典範。

不過「鮮活」是一種文字的點化，重點在對讀者「一點就透」，絕不能刻意賣弄，用無意義的浮詞浪語，以為鮮活，其實俗艷。尤忌文氣拖沓，超然物象，無法讓讀者領略奧妙，讀報成了瞎子摸象。

「中秋夜　月夜溶溶　人潮洶洶」，這才是正宗的鮮活題。

㈣一語雙關

本書第十一章專談一語雙關標題，不過那是較狹義的一語雙關。廣義的來說，幾乎所有好的花俏標題，都該具有一語雙關的妙味。

例如一篇從黃義交談政治人物應潔身自愛的特寫，筆者做了個題：「失樂園　政治人物限制級」。這如果歸類，應歸入「片名標題」，但有一語雙關的隱微曲折。

同理，民國三十七年大公報一個名題：「國民黨提名總統候選人　蔣中正居正」。這應歸類在「嵌字標題」，但全題神韻盡在一語雙關。（當年有蔣中正與居正兩人競選，但這個題已經明指蔣中正將獲勝。）

黃永武老師曾說：「雙關是一字兼攝二意，造作隱蔽的涵義，使人讀來，領會言外之意，而感到心裁巧妙的方法。雙關可分成三種：一為字義上的雙關，一為字音上的雙關，一為字形上的雙關。」

一般而言，報紙標題絕大部分是採用字義上雙關的手法，例如《史記・秦始皇本紀》載秦時讖語說：「秦亡於胡。」此處的「胡」指「胡人」與「胡亥」，就是字義雙關。

(五)拒絕低俗

現在很多人將花俏標題和低俗劃上等號，這是很可怕的錯誤認知。本書第四章〈花俏標題大暴投〉，以及第十二章〈走在狂亂與暗喻的鋼索—鹹濕性標題〉，第十五章〈新聞寫作與標題本土化的變與常〉就是在討論這個問題。

當年第一次在荊溪人老師《新聞編輯學》上看到下面這個題，曾嚇了一跳：「昨夜陰盛陽衰　老爺敗下陣來　初上陣純德半推半就　漸入佳境一敗塗地」。一場籃球賽能夠做出如此標題，在那個時代，是前衛大膽得令人咋舌。

這個題還有「靈光一閃」的逗趣，現在坊間有的標題，標榜低級趣味，用語隱晦曖昧，立句煽情模稜，「標」新立異讓人嘆為觀止，是嘆息，不是讚嘆！

例如：「都說裁判不公　下次換母的」，這樣的標題怎麼會在所謂的大報上出現？糖精不是糖，花俏標題也不是低俗。

余光中先生在民國五十六年九月曾發表過一篇〈在中國的土壤上〉，文中說的是詩人，但也適用於編輯：

時代愈荒謬，愈需要正面的價值。現實愈混亂，愈需要清晰的聲音。這種價值和聲音，正是編輯的責任。

文章最後一段是：

虛無，是一種罪惡，晦澀也是，在中國的土壤上。

在中國土壤上，建立中文標題文字準則，是值得共同努力的。曾擔任中央日報總編輯並在政大教授編輯學的薛心鎔先生曾說作標題是很有趣的事情，因為標題寫作是一種創作活動。他強調：

優秀的編輯致力於把新聞的精彩處、悲傷或幽默，充分表現於標題。作得靈巧的與作得草率的，過後都會受到傳誦或議論。

靈巧與草率，皆在編輯一念之間，報紙的命脈卻在其間。

最後，茲節錄《聯合報編採手冊》中，對標題的定義，做為本章的結尾。

「標題」是什麼？它是新聞的中心或重點。

「標題」做什麼？它表達新聞的要點，使複雜者簡單，使隱晦者明朗，把凌亂的趨於和諧，把分歧的加以統一；給讀者一個明確的印象，來引起讀者閱讀的興趣。

因此，「標題」有份特性：為記述描出輪廓，為義理剔出精髓，譜出作者的心聲，啟讀者之共鳴。

進而，它必須符合一項要求：使用文詞應穠纖適度，內涵意境要深入淺出，所謂「畫龍點睛」，著墨之處，形神俱佳。

「橋樑的建構是一種等待，等待通過，等待踩踏。」標題是讀者與新聞之間的橋樑，它的建構也是一種等待，等待讀者，等待目光！

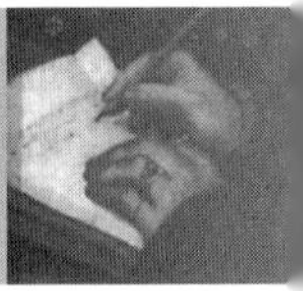

二、標題文字鍛字鍊句的要訣

在所有的文學創作中，「詩」是最精煉的語言，是筆法中以小容大的極致表演，三言兩語包涵著最豐富多樣的情境，卻又不能精粹的過於抽象，必須達到「淡妝濃抹總相宜」的掌握，這正是佛家「芥子納須彌」的禪意。

同理，新聞標題也是「芥子納須彌」的功夫，要將繁複的新聞，以最簡潔有力的方式呈現，將新聞事件經快速咀嚼消化，再反芻在版面上。新聞原料經過加工處理，出來的成品，其鍛字鍊句的功夫，就類似「詩」的要求，要和詩一樣的鍛字鍊句。

不過，標題和詩有三種完全相反的特性，此種特性，正是標題文字必須掌握的關鍵。

首先，詩講究的是矇矓的美感，訴諸與讀者主觀的感受，尤其是「新詩」，每個人展卷細讀，內心的曲折領會恐怕大異其趣。但是標題卻必須是真實的，客觀的，即不能「矇矓」，也不能「主觀」。簡單的說，詩屬於感性的意會神合，標題講究邏輯思維的理性梳理。

舉一標題為例，主標是：「無限恨梨花雨驟　更添悲柳絮風飄」，副題是：「法鼓金鐃　二月春雷響殿角　鐘聲佛號　半天秋雨洒松梢　菩薩誕法會之夜　花甲翁姦汙雛妓」。這個題就太「詩情畫意」，脫離了標題客觀、真實、曉暢的本意。

其次，詩是屬於小眾文學，而標題是大眾文學，所以詩人並不屑攀附流行，不以哼哼吟吟於大眾之口為榮。但是標題則必須淺顯，以人人能識能解為標竿，詩是陽春白雪，標題做下里巴人又何妨？白居易和柳永的詩詞，老嫗能解，有井水處皆能歌唱，反而是製題準則。

舉一例：「某死就顧不了屎桶」，這個題何意？至今不解。

最後，標題是要講究邏輯，其結構內容必須經得起分析，編輯不可靈空作題，任意想像。

舉一個有名的例子，常被用來引證詩的邏輯性，就是「春眠不覺曉，處處聞啼鳥，夜來風雨聲，花落知多少」。既然「不覺曉」，睡得如此沉，如何「聞啼鳥」？如何知「風雨聲」？然後用「花落多少」的茫然，顯示睡得太沉以至於要相詢？

如果用邏輯理性分析，許多的傑作佳構都要支離破碎，但是標題一定要合乎邏輯，經得起分析。華茲華斯說：「詩是深到非淚水所能探測的思索。」筆者認為標題是「淺到一目瞭然的明朗」。

舉兩個不合邏輯的標題：

臺灣日報（八七、一、三）：「陳進興支吾其詞　坦誠強暴鄭女」。既然是「支吾其詞」，又何來「坦誠」？尤其是不用較中性的「坦承」，反而用與檢察官「坦誠以對」，與「支吾其詞」一擺，不合文字邏輯。

同理，紐撫民先生曾介紹一個標題：「明知女大不中留　媽媽硬不讓她嫁　要死要活要演殉情記　怨天怨地怨他沒有錢」。這個題很俏皮，乍看之下以為老媽「怨他沒有錢」，仔細一瞧，又好像要演殉情記的女兒「怨他沒有錢」。既然怨他沒有錢，又何必要嫁？而且第一句話「明知女大不中留」也不合邏輯，應該是「門不當戶不對」才是。

從簡單的比較標題與詩的不同，可以抓住標題的性格。而且詩可以慢工出細活，有時間去撚斷幾根鬚，而標題卻是快功出貨，在短時間內想「靈氣往來於胸臆，文思泉湧於毫端」，出語新奇，何其不易。所以，嚴幾道譯《天演論》時，曾有「一名之力，旬月躊躇」，而編輯則是「旬分」甚至「旬秒」躊躇，個中辛酸，如人飲水，冷暖自知。

如何在短時間內鍛字鍊句，佳句泉湧，以下七個建議，是基本的功夫。

㈠避免用字重複

本書設有專章談論「複字標題」，但是那種重章疊句，是具有美感的標題，此處是指漫無目的的重複，這在筆者服務的中央日報，是絕對禁止的。

例如中國時報（八六、一二、九，花蓮版）：「促進觀光產業結合　讓花蓮的文化生態動起來　文化中心將推出　國際文化交流活動」。「文化」兩字一再重複，筆者在文化上課時，告訴學生此編輯一定是校友，同學們哄堂大笑。

再如：「流行性感冒來襲」，副題是：「醫師呼籲感冒多喝水，一個不注意，當心感冒變大病」。一個題三個「感冒」，應改為：「醫師呼籲要多喝水，一個不注意，當心小恙變大病」。

還有一個標題：「武陵農場　農場生活新體驗」。這個修辭學中的「頂真」，重複得沒啥意思！想起胡適的一首新詩〈蝴蝶〉：「兩個黃蝴蝶，雙雙飛上天，不知為什麼，一個忽飛過。剩下那一個，孤單怪可憐，也無心上天，天上太孤單。」全詩本就不佳，最後兩句的「頂真」，更是敗筆。

(二)避免意義重複

例如：「長榮新闢大阪線滿載　座無虛席」。滿載與座無虛席同義，後面四字重複，讓標題像是長舌公，囉嗦！

同理：「馬奎爾滿貫全壘打　四分進賬」。此處畫蛇添足多出了「四分進賬」，反而分散了「滿貫全壘打」的焦點。

意義重複只有在強化效果，加重語氣時，才可使用。例如：「痢疾襲宜蘭　疫情拉警報」。本來用「痢疾襲宜蘭」一句話就很有力，後面一句加重嚴重和緊張的感覺，倒無可厚非。

(三)避免用副詞和語助詞

標題中「但是、由於、尤其、雖然、惟、則、而、甚且、可是、因此、有關、若、

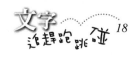

的」，這些字眼不必用。

這些字眼都具有轉折的味道，原本流暢的標題一旦加上轉折，整個版面都口吃了起來，聲韻動線柔腸寸斷。

(四)避免用人稱代名詞

在標題，甚至新聞寫作中，你（您、你們、您們），我（我們、自己），他（他們、他們的）都不宜用。

以筆者任教的文化新聞系為例，該系有兩份學生刊物，一份是《夜大人》，做了一個標題：「周休二日　大學生你怎麼過？」此處的「你」就多餘，一下將讀者群縮小了，將「你」拿掉，頓時產生宏觀的氣魄。

另一份是《文化一周》也有個標題：「別人能　我們為什麼不能」。標題首重客觀，「我們」兩字主觀意味太濃，若改為「華岡」，會比較中性一些。

㈤避免「性」字

使用「性」字在標題中，有越來越多的趨勢，例如「前瞻性」、「實驗性」、「計畫性」、「積極性」、「可讀性」、「可看性」等等。

余光中先生曾大力批判此一日漸囂張的現象，他舉一例挖苦媒體：「昨晚的演奏頗具可聽性」。他認為如此迂迴作態，貌若高雅，實是酸腐可笑。

㈥避免主題用溢美之詞、損人之詞

標題主題中不宜用「值得肯定」、「值得喝采」、「值得觀賞」、「當之無愧」、「美妙非凡」、「超凡演出」、「絕妙展現」等溢美之詞。

避免的原因在於「標準」難尋。怎樣判定「高矮」、「美醜」、「胖瘦」、「好壞」。麥可喬丹一百九十四公分，在我們看來很高大，但在NBA他算是小號。裕隆的班尼，很多媒體都形容他「手長腳長掌握制空權」，但他若回到美國，媒體將又是另一套說詞。

莊子以朝菌和蟪蛄，彭祖和靈龜，來說明時間怎麼樣才能分辨出快慢，歲月怎麼比較悠長，沒有答案也沒有標準。

因此，溢美之詞不宜用。同理，損人之詞也不宜用。自由時報一個題：「用肚臍想都知道　畜牲不宜」，這就損過頭了！

(七)掌握字的精確性

這是本章最重要的一節，用字不精確，整個文氣散渙，文義也會走樣。筆者最愛舉的是「遭」與「被」。此兩字幾乎在每天的社會新聞版標題上都會用到。而證諸國內各媒體皆亂用一通，毫無規則。

「遭」具有無辜受害之意，如「遭劫」、「遭強暴」、「遭車撞」、「遭槍擊」、「遭刺死」、「遭拒捕」、「遭毆打」等。

「被」則具中性之意，如「被控告」、「被起訴」、「被判刑」、「被槍決」。前面的「遭」可用「被」取代，但後面的「被」絕不能用「遭」取代，國內媒體都輕忽於此，包括一向對標題文義掌握精準的聯合報及中國時報在內。

舉兩例：中國時報一版二題（八六、五、二二）：「嚴雋泰遭求刑十年半」。此處的

「遭求刑」用的很「糟」糕。

聯合晚報（八七、一、二三）：「擁槍涉賭　陳鴻仙遭判刑七年半」。這裡只能用「被」。

我們來看個一版頭條是花旗銀行的新聞，中時晚報是：「花旗銀行超收信用卡違約金　遭法辦」，聯合晚報是：「信用卡利息高　花旗銀行被函送」。你覺得用哪個比較好？

最近有一個機緣，與中國時報地方中心記者們一起切磋「採訪寫作」，在課堂上特別提及跑社會新聞的記者這兩字不要弄錯了。其中一位地方特派員在臺下說：「以後寫稿，寫遭強暴，就是真的強暴了。寫被強暴，表示被害人半推半就，欲迎還拒了！」全班為之莞爾，但也點出了一些真義。

從「遭」與「被」，可以梳理出一個原則，有兩個近乎同義的字，當其中一個屬「中性」，而另一個較有「意涵」時，兩者使用務必小心。

除了「遭」與「被」外，再舉數例：

1.「重申」（具有正式、命令、堅決口吻的意涵）；「重提」（中性）。

江澤民訪美會晤柯林頓，翻閱國內十七家報紙，全部用「江澤民重申一國兩制」，只有中央日報用的是：「江澤民重提一國兩制」。我們在此細節上，一向用「重提」，可以

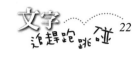

比較兩者的差異。

2.「與」(正式，中性)；「和」(中性，略有同流合汙之感)。

例：「李總統與宋楚瑜會晤」，此處用「和」，語氣就稍差了一些。

例：「高天民和陳進興躲藏在板橋一帶」。

至於「及」，用在兩人以上較佳，例：「李總統、吳伯雄及宋楚瑜一起替謝深山站臺」。

3.「問題」(有反對的意思)；「意見」(中性)。

例：「對濱南工業區會勘有問題，可提出書面報告」。「對地方財政收支劃分有問題，應在政院院會中討論」。

例：「解決南科水資源　中央徵詢地方意見」，「總統制及雙首長制兩派意見並呈」。

所以，編輯在下標題的時候，常要思索於此，平日閱報也要多咀嚼文句，可以讀出許許多多的樂趣。例如「成為」(好事)，「成了」(中性)，自己做個題試試就可以比較出差異來。

個人閱報，便以此為樂，每次在標題中讀到「僅」字就思索，依照愛因斯坦的相對論，這個字眼不應該存在。愛因斯坦指出，如果搭車，旁邊坐一位又髒又咳嗽的人，廿分鐘覺得好漫長。若旁邊坐的是一位容貌清麗可人、笑容可掬的美女，你想搭訕卻不知如何開口，正猶豫思索，車子卻快到站，廿分鐘竟覺好短。

所以，「僅」要如何定義？

以上所訴七端，文字重複、文意重複、語助詞和虛字、人稱代名詞、「性」的氾濫、溢美之詞與損人之詞、字的精準性，不僅是標題製作應避的「異端」，更是新聞寫作應避的通病。新聞報導和標題中，此七端一多，則枝蔓拖拉、文意不順、語氣窒礙，造成文不能斷句，辭不能達意，於是出現閱讀「口吃現象」。

趙滋蕃先生曾以「自然」、「生動」做為鍛字鍊句的標準，本書後幾章主要在講「生動」，這一章則著重「自然」，前述七端，即為「自不自然」的準則。

趙滋蕃指出，自然是讓文字歸真返璞，自由自在，不凝滯於物，如此微雲淡月迷千樹，流水空山見一枝，當別有會心。一旦失去自然，作品板滯而無生氣；一旦失去生動，作品枯窘而無活力。

此正是〈典論〉中所言：「文以氣為主，氣之清濁有體。」所謂文氣指的就是自然，前述七端為氣蹇之尤，讓版面氣為之濁。

最後，本章以李德裕〈文章論〉一文的結尾代本文的結尾：

文之為物，自然靈氣。恍惚而來，不思而至。抒軸得之，澹而無味。琢刻藻繪，彌不足貴。如彼璞玉，磨礱成器。奢者為之，錯以金翠。美質既雕，良寶斯棄。

白話的意思是：「文章反映現實，要靠自然靈氣，恍恍惚惚而來，意想不到而至。刻意勉強為文，一定淡而無味。雕琢描繪失真，其文更不足貴。如同一襲璞玉，砥礪打磨成器，誇飾之人製作，鑲上珍珠寶玉，美好本質喪失，珍貴寶玉丟棄。」這是新聞寫作和標題製作的重要原則。

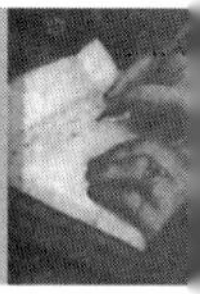

三、標題的天敵

——程序題、空洞題、口語題

要想標題生動，有三個大敵必須先「除去」，第一是程序題，第二是空洞題，第三是口語題。另外學生喜做斷句題，讓人百思不解。

在所有來報社實習的學生，為了去除他們這三個天敵，常讓我講得口焦舌敝，不知道他們在學校是如何學習的。

㈠程序題

幾乎所有新來的編輯，或來實習的同學，特別熱愛程序題做主題，因為好做，又不花腦筋，但是最沒營養，也最不吸引人，毫無文字美感。

例如：

1.「臺灣區運會熱鬧閉幕」，這不能做主題，主題應是：「臺北縣榮獲總錦標」。

2.「奧斯卡得獎名單揭曉」，這不能做主題，主題應是：「鐵達尼號榮獲十一項大獎」。

3.「煙害防制法正式實施」，不能做主題，主題是：「首日開出一千多張罰單」。

4.「立院龍頭人選　朝野達成協議」，這只是肩題，主題應是：「同意由王金平連任」。

從以上四例可知，做標題不能以「程序」為主，而應以「內容」為重，「程序」只能做肩題，但是翻開坊間各報，程序題比比皆是。

記者公會所出版新聞叢書第九冊，胡傳厚師所著《新聞編輯》，此書雖薄，卻曾是新聞編輯學的最重要教材，許多資深編輯都是讀此書成長的。此書內容豐富，馭繁於簡，今日看來仍是一本好教材，缺點就是偏好程序題。

例如：「中越紀念會議揭幕」，「獲致具體豐碩成果　教育會議閉幕」，「政府例會討論　人口政策綱要」，「大專聯考結束　下月六日放榜」，「中越經濟會議　昨日圓滿閉幕」。「閉幕」、「開幕」、「討論」、「結束」都不宜成為主題，標題主題應該是獲致了什麼成果，討論了什麼內容，會議達成了什麼結論，聯考當天的情況如何。這些不僅是新聞的重心，而且才有發揮標題文字魔力的地盤。

流風所及，學生們所辦的刊物，幾乎都是程序題大本營，滿版皆是某社團辦活動圓滿結束，學生與校方達成協議（協議內容才是重點），校慶舉行，校運會閉幕，校方公布新計分辦法（辦法內容才是主題）等等，不一而足。

「程序題」，配角而已！

㈡空洞題

所謂空洞題就是用了不必要的字眼在主題上，只是陳腔濫調，並無法彰顯新聞的真義。

舉最近在某報上看到的兩個題：

1.「一屍兩命血案　警方全力緝兇」。此處的「警方全力緝兇」就是空洞題，這是人人皆知的事，難道警方還不全力緝兇嗎？這就不能擺在主題中。

2.「打噴嚏流鼻水　醫師籲當心感冒了」。這也是人人皆知的事，何必標題來說明，就好像「患了香港腳　當心腳會癢」，這種題不成了笑話！

再舉胡傳厚師所著《新聞編輯》中的兩例：

1.「舉國興奮傳好消息」，這個頭條太空洞了。此題副題是：「劉承司昨投奔自由駕匪米格十五來歸　在我機引導下安降北部基地」。主題當然是要用「飛向自由」來作題，原來的主題最多是副題。

2.「獲致具體豐碩成果　教育會議閉幕」。第一句話也是空洞題，頂多做肩題或副題就了不起了，絕不能做成主題。

「成果豐碩」是空洞題排行榜第一名，許多編輯因循怠惰，隨手就做，事實上究竟獲致哪些成果，哪一項成果最重要，最引人注意，或最出人意表，這才是主標題的內容。

㈢口語題

很多人誤以為標題的生動有趣就是將標題口語化，這是極錯誤的觀念。標題是「鑄字鍊句」的功夫，是最精練的語言，文詞穠纖適度，形神俱佳，一入口語，就壞了大事。近來坊間標題製作明顯出現低俗口語的傾向，例如「騙猶」、「未宋（不爽之意）」、「掛了」等都出現在標題中，實在是花俏標題的負面教材，幾個壞字就壞掉了一鍋粥。

坊間的教科書中，林笑峰先生所著的《新聞編採實務》一書，提倡「口語標題」，唯林老師所介紹的口語標題相當高級，不同於時下低俗的口語標題。

不過，個人仍以為口語標題過於鬆散，不用為宜。

試舉林老師書中兩例：

1.主題：「貿局三項緊急措施　能根絕廢鐵挾帶機件進口嗎？」副題：「這，仍然有問題。因為，出毛病最主要原因，不全在這兒」。

2.主題：「承辦輸出保險　卻拒絕輸出入保險」。副題：「你覺得好笑嗎？但，這確是令人笑不出來」。

類似這樣口語化標題，很新鮮，但是在文字的工巧，章句的縝密處，失之鬆散，靈動有餘而力道不足，尤其是不夠緊湊，且過於率直。

筆者以前因工作的關係每天看十幾份報紙，研究各報的標題上了癮，現在因為教學的原因，喜歡研究各校的學生報，平心而論，標題的問題很大。標題存在的最大意義在提綱挈領，將最重要及最新鮮的事告訴讀者，如果你的標題沒讓讀者獲得資訊，這算什麼標題？

就以三個天敵而言，舉各校的標題來看看：

先從我任教的文化大學看起。八十七年四月二十四日《文化一周》一版頭題：「愛車被拖吊　駕駛人叫苦」，這個主題完全不負責任，沒有任何的資訊告訴讀者，有人看到

發行人／沈慧聲
社　長／林美惠
顧　問／楊淑芬
指導老師／陳東旭、熊淑芬
社　址／陽明山華岡路 55 號
電　話／（02）28613803
傳　真／（02）28619514
創　刊／民國五十四年九月一日
中華郵政台字 1967 號
執照登記為第一類新聞紙
新聞局台字第 1212 號
http://jou.pccu.edu.tw

文化一周

重點新聞
第五版
女大學生最常受男同學性侵害
第六版
我的牛仔褲 穿到那 酷到那

愛車被拖吊 駕駛人叫苦
「車多位少」已經是擁車族的夢魘 強力的取締行動猶如雪上加霜

文化論壇
善用校園資源

發行人／沈慧聲
社　長／林美惠
顧　問／楊淑芬
指導老師／陳東旭、熊淑芬
社　址／陽明山華岡路 55 號
電　話／（02）28613803
傳　真／（02）28619514
創　刊／民國五十四年九月一日
中華郵政台字 1967 號
執照登記為第一類新聞紙
新聞局台字第 1212 號
http://jou.pccu.edu.tw

文化一周

重點新聞
第四版
另類教學方法的老師
第七版
除了陽明山 還可以上那兒玩

文化國術 大專錦標賽放異彩
獲得大男、大女甲組團體總錦標 個人冠軍囊括十三席

文化論壇
溝通的愛 才是眞愛
主筆／羅安妮

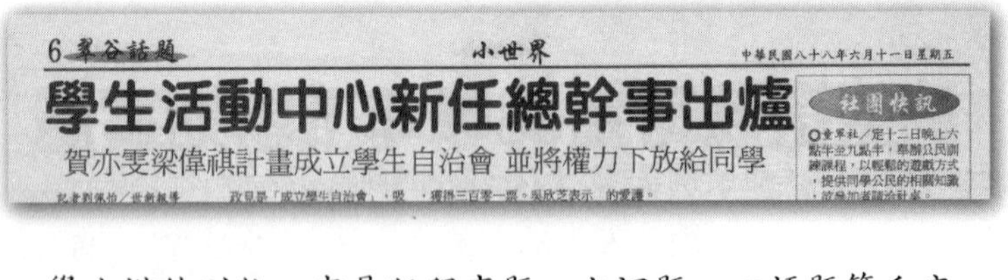
6 華谷話題　小世界　中華民國八十八年六月十一日星期五

學生活動中心新任總幹事出爐
賀亦雯梁偉祺計畫成立學生自治會 並將權力下放給同學

社團快訊
○童軍社／定十二日晚上六點半至九點半，舉辦公民訓練課程，以輕鬆的遊戲方式，提供同學公民的相關知識

學生辦的刊物，容易犯程序題、空洞題、口語題等毛病

愛車被拖吊拍手叫好、欣喜若狂的嗎？副題總要給一些線索吧！結果是：「車多位少已經是擁車族的夢魘　強力的取締行動猶如雪上加霜」，看完之後你知道這個一版頭條發生什麼事？值得做一版頭條？都是大家知道的事，多麼的空洞，空洞題典範。更嚴重的拖吊的是機車，但我卻以為是汽車。

這個題的主題應該是：「連續三天　學生機車強力被拖吊」，副題是：「八日凱旋路、九日大孝球場、十日華岡路的機車　皆遭警方全面取締」。

再來看個程序題的典範，還是《文化一周》的一版頭條：「文化國術大專錦標賽放異彩」。這是標準的錯誤，老是以為放了什麼異彩才是新聞的主體重心，結果內容是文化獲得大男與大女甲組團體總錦標，並囊括了十三席個人冠軍。這個題對不起學校，主題當然是「文化囊括甲組男女總錦標」，學校有這麼好的表現卻不做出來，用個「放異彩」，不是很奇怪嗎？

我是愛之切責之深，其實文化已經是非常重視新聞實務的學校，實務界的老師比例可能是臺灣各校中最高的之一，而且很多都是名師，可以想見其他學校犯的錯誤更嚴重，我們來看幾例：

世新《小世界》（八十八年六月十一日）：「學生活動中心新任總幹事出爐」。這樣的學生到了報社就做這樣的一版頭條：「中華民國第十居總統當選人出爐」。他就是不告訴讀者是誰當選了總統。這種程序題真是害人，「誰」當選才是新聞重點。

《臺大校訊》是全臺灣所有校刊中空洞題與程序題的大本營，可以說是錯誤的範本，我忍不住以臺大校友的身份給陳維昭校長寫了封信，詳述改進之道，陳校長很客氣的回信，說已經將我的信交下研究改進，並贈我一本校長所著忠仁與忠義分割的書，結果從此以後我再也收不到《臺大校訊》了。

舉幾例說明：一版頭條：「圖書館再接再勵創新局」。這個主題告訴讀者什麼訊息？沒有。結果是交大、清大、中央與臺大可以互借圖書，主題當然是「四大學簽圖書互借協定」。

「創新局」是標題大害。

再看個一版頭條：「凝聚臺大人的力量」，這是什麼什麼標題？看看副題：「讓臺大為世界上閃亮的明星大學」，真是夠了，看完了全部的標題，不知道什麼事情。結果是什麼？是臺大五十一週年校慶慶祝大會，可以做的好內容太多，卻做了個空洞到極點的題。

《臺大校訊》這個標題太空洞

我們來看看《淡江時報》，我研究所是淡江畢業的，《淡江時報》是我看過最認真的，每年暑假都辦研習營隊，用力的檢討過去，策勵未來，我曾多次參與他們的檢討，看到他們熱情洋溢，都深受感動，但我去都是在採訪寫作與專題策劃上作檢討，而未能有機會在編務上建言。

我們來看個一版頭條：「跨向新世紀　學校發展將有新猷」。在主題中用「跨向新世紀」最不好，因為標題的字數極精練，還用這麼多無用的字，是一種標題的浪費。報紙要用幾個字做新聞的索引摘要，哪有空間講些無用的話。學校將有什麼「新猷」才是標題的重心，一定要做出來。我以為副題總該有，結果是：「指導小組舉行首次會議　張建邦提多項構想」。反正無論是「新猷」或「構想」，我就是不告訴你，想知道就來看內

八月二十八日 星期四　中央日報　農曆丁丑

國民黨15屆中委票選產生

正選230人 候補115人 新任閣揆蕭萬長僅以五票之差高居第二 今下午票選17席中常委

有時故意用程序題，乃是出於特殊考量

文。

「跨向新世紀」也是標題大害。

文化、世新、臺大、淡江等四校與我淵源極深，是我長期任教的學校，也有我的母校，所以我特別以愛深責切的心情拿他們做例子，其他學校其實也大同小異，程序題與空洞題層出不窮，我也有收集，但不在此贅述。

我們來看個八十八年四月六日中央日報桃竹苗版頭條：「清明掃墓　子孫虔誠祭祖」，這個題多程序，完全沒有任何意義，清明祭祖子孫當然虔誠，不然還罵祖宗八代嗎？

但是標題最難做的，反而是刻意要做程序題或空洞題。舉例而言，國民黨十五全選中央委員，宋楚瑜因為精省與李登輝反目成仇，宋楚瑜遠走美國沒參加，卻以第一高票當選中央委員，全國各報一版頭條都是宋楚瑜第一高票，連黨營的中華日報一版頭條都是：「中委選舉　宋楚瑜最高票」。但中央日報不能，於是我們想出來以程序題避過，一版頭題是：「國民黨十五居中委票選產生」，完全寫程序，不寫結果。同理，農地政策李登輝總統一夕之間大轉彎，向黑金妥協，導致農委會主委彭作奎辭職，中央日報好為難，我們想破腦袋，一版頭條決定做個空洞題：「農地政策　國民黨決體現民意」，什麼內容都沒說，連主委辭職這麼大的事都不提，至於農地政策內容是什麼碗糕？有隱痛不能做標題。

所以在我的經驗中，程序題、空洞題、口語題，三者真的是天敵，一定要改正，像新詩一樣的斷句題雖然有，但並不多。

舉兩例：還是用自己學校的《文化一周》，尖題是：「隱藏在士林商圈中的」就沒有了，主題是：「士林紙場　將帶來全新的風貌」，像新詩一樣斷句了。

再看《印傳學訊》，第一行是「直排輪刀鞋要」，第二行是「怎樣才叫好」，唉。

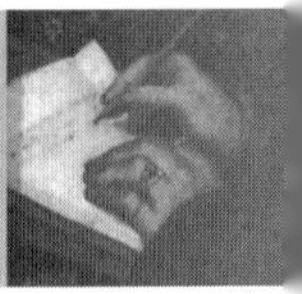

四、花俏標題大暴投

曾經在大成報看到一個標題，其「創意和指涉」，令人驚為觀止！內容指影星凱文科斯納和席維斯史特龍在外拈花惹草，標題為：「酷哥　管不住老二」。

今年是解嚴二十年，解嚴也解放了報禁，同時也解放了傳統編輯的束縛，各報在活潑版面和花俏標題上爭奇鬥艷，尤其是標題。各種諧音題、一語雙關題、嵌字題、複字題、押韻題、文學絕句題、流行語標題、鹹濕性標題、注音符號、英文、火星文標題等，層出不窮，將文字技巧變化發揮淋漓盡致，看得讀者眼花撩亂。但是過度賣弄的結果，「好題固然層出，壞題必然不窮」。

編輯偶有失手，只要「不二過」，本不必苛責。但是有些標題已非「失手」兩字可以交待，而到了荒腔走板的「大暴投」，這種情形令人極為憂心，不僅影響編輯品質，而且成了摧殘「花俏標題」的兇手。

這種標題，令人瞠目結舌

有次應新聞評論會邀請在「新聞生活頻道」談花俏標題，新評會「善意」準備了一份某報的二版標題，做為參考資料，此標題是指國大吵架，副題是：「『打乎死』『X你娘』出籠還有人要『扔大便』　連『把她們帶出場』『別搶那一支』都說出口」，在二版看到這種標題，差點一口氣哽住。

「騙猶」這兩字在標題上流行，也是編輯大人令人觀止的傑作。第一次看到是在八十四年六月二十三日的臺灣日報四版，內容是指日本一椿劫機事件，主標題是：「外行人幹大案騙猶吔！」

為此還特別翻了字典，查不到「猶」這個字。

用土話、俚話、俗語做標題並非一定不可以，但是總設法要「雅」俗共賞，尤忌在政治版面上使用。已關門的自立晚報是此一類型標題的忠實擁護者，在版面上對傳統標題進行顛覆。不僅在政治版常用，甚至在一版頭條上也樂此不疲，創下國內報刊的另類紀錄。

茲引錄幾則自立晚報的一版頭條主標題，其用字皆超過一百級以上，斗大的字，看得人「心驚驚」！

二月十九日：「屎緊亂彈？ 國民黨常會前屎尿一堆」。

二月十五日：「我沒當選你就去死！」副題是：「芳苑三起槍擊，火拚一觸即發，買票傳聞銜上五萬元價，高市成立快速反應部隊應變」。

二月六日：「中山高南下豐原到彰化塞甏了」。

二月四日：「扁仔讓妓女睡不著」。

這樣的一版頭條主標題，恐怕全國各報都不敢有這樣的「手筆」。連蘋果日報都不做這樣的標題，因為只讓人有些倒胃口，完全沒有文字的美感。

除了俚語、土語、俗語外，最壞的花俏標題就是「黃色」的。明明記者內文全部用的是「野雞遊覽車」，偏偏編輯要意有所指的標題做「野雞巴士」。

次壞的就是「三字經」標題，自立晚報（八六、八、二八）一個題：「我姓王……王八蛋！」也有好幾個媒體用過「他媽的」做題，實在是不雅。

民眾論壇

幹！馮滬祥為匪宣傳

恐嚇台灣人，該當何罪？

三字經上標題，實在是不雅

　　現在媒體流行用「屌」，我也深不以為然。

用黑話、口頭禪也要謹慎。國立科學工藝館新開放，許多設施被小朋友破壞，聯合晚報用：「科工館又掛了」。「掛了」是黑話中「死了」的意思，用在標題中，可再斟酌。

　　平心而論，國內報刊的花俏標題已經走入偏鋒，例如女子網球天后葛拉芙拒絕奉獻收入給天主教教會，標題：「葛拉芙不錢誠」，這種諧音題有何美感？男子網球名將阿格西連續六場球在首輪就淘汰出局：「阿格西被斬首」，這種嵌字題嵌個「首」字，毫無意義。

　　筆者因工作及在文化大學與華梵大學開課多年，每天精讀八份報紙，略讀十幾份報紙。持平而論，黨公營的媒體以及聯合報、中國時報，還是「正派標題」的方向，其他媒體則出現較多的花俏標題。

尤其在政治新聞版，中國時報偶而還會「玩耍」一下，例如八十六年七月二十六日在一版玩了一個諧音題：「洄游三年　龜來無恙」。又如中國時報三版社論下的短評也偶見花俏標題，舉一例：評論前臺北市副市長陳師孟要拆陳納德將軍銅像不當，用了嵌字題：「既欲師孟　何不納德！」

中央日報和聯合報幾乎從不在一版和政治版做花俏標題。筆者緊盯聯合報多年，想找個大漏洞，但編輯總是舞得滴水不漏，終於好不容易在八十六年二月二十四日的四版政治新聞版找到個破綻，題為：「張俊宏：某死就顧不了屎桶」。這個題固然傳神直引張俊宏的話，但實在是個敗筆。

基本上，國內報刊中，「玩」標題最厲害的是已經停刊的大成報、民生報，與現在當紅的蘋果日報。至於另三大報中國時報、聯合報、自由時報的「花俏大本營」，一在休閒專刊，一在體育版。

中國時報在休閒專刊盡情賣弄，不僅用詞花俏，而借由電腦組版威力，讓題型千變萬化，令人眼「花」。聯合報一向較穩重，但在體育版玩花俏題，連以體育見長的姐妹報民生報都瞠乎其後。茲舉有次大滿貫賽事的澳洲網球公開賽打出男女前四強為例，隔天聯合報體育版有三個標題：「張德培登堂入4」、「柯珠兒4如破竹」、「皮爾絲好4多磨」。這三個題會讓教編輯學的學院派跌破眼鏡吧！

最後想談一談自由時報。相較於中央日報、聯合報、中國時報，毫無疑問自由時報的花俏標題相當大量，而且每個版都玩花俏標題，其中「暴投」也頻頻。

以八十六年七月二十七日為例，一版頭條：「冰晶治療？　公爵涉嫌胡來收押」，用「胡來」做一版主標題是否恰當，可能有見仁見智之說，但絕不會在中央、聯合、中時上看到。翻到二版看了一個題，主標是：「省府員工『未宋』了」，副題：「宋楚瑜留下卻不參加精省會議　如何保障權益」。

相信標題中的「未宋」很多人看不懂。「臺語化」的標題不是不可以用，但用要慎重。市井流行粗鄙的口語常上報，例如前舉的「騙猾」等，實令從事編輯教學的人極度憂心。再如國會打架，有人「下體被踢」。在標題上其實用「被踢」就夠了，若實在要強調，用「下體」上標題已經是極限了，偏偏有編輯老爺一定用「奇葩」被踢做標題。這種標題的流行，讓我們在課堂上不知如何面對學生。

自由時報近年來宣傳以第一大報自居，姑且不論國內報刊誰的發行量第一，但是在美日等報業發達國家，被視為第一大報的皆非發行量最高的報紙，紐約時報發行量並非最大，卻無損於其崇高的聲譽。因此自由時報欲躋身「大報」，必須減少花俏標題的暴投，例如抗議裁判不公的新聞，標題是：「都說裁判不公　下次找母的」（八五、一〇、二六），此類標題不宜出現，才能成為高格調的報紙。

國內花俏標題走上偏鋒，日益惡質化，著實令人憂心，也不敢恭維。如何導正這股歪風，一方面要靠我們自己的自律，另一方面也期待讀者的品味能夠提昇。

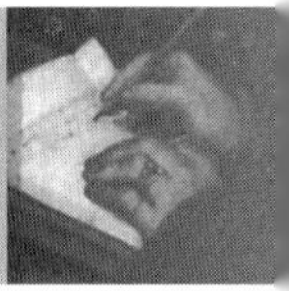

五、諧音標題製作

「諧音」已經成為臺灣社會的強勢語言，你不可能忽視它的存在與影響，無論是廣告創意、各種文宣、招牌市貼，新聞標題、甚至寫作，都可看到諧音的幽默身影。

不只是編輯人員，對於競選人員、廣告人員、宣傳企劃，都必須具備掌握諧音字的能力。

以大家最熟知的娛樂界來說，蔡依林的第一張專輯叫「1019」，諧音依林十九歲，同理林曉培專輯是「She know」（因為她的英文名叫 Shino）、陳美是「良陳美景」、陶晶瑩是「晶選輯」、徐若瑄是「愛的瑄言」、許茹芸是「芸開了」、蔡琴是「抒琴時間」、王馨平是「打碎心瓶」、林志炫是「至情志炫」等等。

演唱會也是如此，張惠妹演唱會是「妹力四射」、王菲演唱會叫「菲比尋常」、吳宗憲玩得最兇，是「宗於實憲演唱會——吳盡的愛」。

諧音不是文字專家的權力，老少都能玩愛現，以世界盃棒球賽為例，球迷們的巧思百出，中華隊對美國隊時，標語就是「宋美齡」（送美零）、「達美樂」（打美樂）；對荷蘭時就是「荷包蛋」、「談荷容易」、「荷廢料」、「荷苦來哉」、「荷死啦！」。很有趣味。

政治文宣更是諧音大本營，我看過最有創意的是羅文嘉選立委抽中十四號，本來十四是個不好的號碼，不容易文宣，但是羅文嘉團隊的創意十足，他的口號是「14造英雄、英雄造時勢」，諧音的威力無窮。

招牌或活動用諧音更是比比皆是，元宵燈會是「燈烽造吉」，上洗手間要「來匆匆，去沖沖」，補習班廣告「武功蓋試」，國家音樂廳周年晚會稱「躍樂欲試」，救國團在中正紀念堂辦飆舞晚會，取名「舞裡曲鬧」等，整個諧音的文字魔力，在社會上普遍發燒。

現代年輕人最愛用的「火星文」充滿了符號，但是本質上就是玩諧音，例如「88」是拜拜、「520」是我愛妳、「花轟」是發瘋、「英英美代子」是沒事做無聊等。因此民國八十七年的大學甄試國文試題中，還出現了「青春嘔像」、「廢腐之言」、「毀人不倦」等諧音題目。

當然，新聞標題用諧音已成常態，不會諧音標題的，就是不稱職的編輯，但是因為泛濫，所以失手的諧音題比比皆是，四一〇期《新聞鏡》雜誌刊出了文君讀者的來函，指陳自由時報兩則標題：「**戴凡波　網然**」，「**看近不看遠　很籃有希望**」，認為諧音字使用太牽強，反而弄巧成拙。

諧音字標題的大量使用，已成編輯實務的新寵，且來勢洶洶、方興未艾。在名門正派的編輯學中，並沒有此一怪招，完全是外道的把式，因此也曾受到正宗編輯人的強烈抨擊，期期以為不可。

其實好的諧音字標題，有畫龍點睛之妙，讓讀者在閱讀新聞時，偶然撞個滿懷，眼睛為之一亮，欣逢於文字藝術的妙處，又歎詠於編輯的巧思，在標題的繽紛變化中帶有雅緻，引發讀者會心一笑，白紙黑字都生動活潑起來。

更重要的是諧音題不是報紙的專寵，電視媒體也越來越重視，例如我的好友民視新聞部副理趙善意策劃了個讀書的節目，叫做「**非看Book**」，諧音「非看不可」，很逗，就達到吸引觀眾的目的。

九十六年過春節前，有不肖商人用螺肉冒充鮑魚出售，電視的標題是「**真假鮑魚？螺生門**」，很有趣吧！

好題共欣賞

舉數例言之：

1.在大陸新疆真的發現琥珀中保存著萬年前完整的蚊子，彷彿侏羅紀公園的翻版，編輯下題：「古蚊觀止」，妙哉！

2.立法委員打架，傅崑成踢傷沈智慧，題曰：「民代不應享有免責拳」，一語雙關，花俏中掌握住文章中的精華。

3.刊登一張南部苦旱照片，大地龜裂，一位農夫站一旁欲哭無淚，題曰：「無雨問蒼天」。此題本身文意就通，在「無語」和「無雨」中變化，更顯農民無奈。

4.莎朗史東、伊莉莎白蘇、米拉索維諾等三位女星皆因演妓女出神入化，而成奧斯卡金像獎熱門人選，題曰：「三女星問鼎　各憑演妓」。「各憑演妓」本身文意通，暗合「演技」，引人莞爾。

5.分析有幾部片子賣座鼎盛，全因幕後配音的名嘴引人入勝的特稿，題曰：「賣座鼎盛全靠幕後音雄」。配音的人是真正的幕後英雄，此地以「音」替「英」，毫不牽強。

6.澎湖一貧困漁民重傷垂危，他的血型很稀少，連絡世界各國血庫，只有丹麥有，立即飛機越洋送血到澎湖救治，題曰：「越洋血中送炭」。

7.飢餓三十活動，支援非洲飢民。題曰：「救他們遠離餓夢」，「餓夢」與「噩夢」，對比很強烈。

8.「盧修一是蘇貞昌的跪人」，這一個標題多妙！（臺北縣長選舉最後一天，罹患癌症的盧修一從醫院到造勢晚會，跪求大家支持蘇貞昌，場面感人，讓民調落後的蘇貞昌反敗為勝）

這些標題，編輯妙手拈來，在版面上安慰讀者的視覺神經。這種文字創作生命或許短暫，但若能博讀者一粲，剎那就成永恆。

但是從事諧音創意（包括標題）必須有所準則：

第一、所諧音的必須是新聞的重心與主體。

例如交通部次長宣布同意高鐵試營運，就有媒體用此次長的名字諧音，這就不對，因為新聞主體是高鐵，不是次長，可能是交通部長宣布、甚至可能是行政院副院長或院長來宣布，也可能是主管的次長有事，請另外一位次長代為宣布。所以誰來宣布這件事並不重要，這個人不是諧音的對象，除非這個人的名字非常有趣，有趣到可以用來讚美或批評高鐵，例如次長叫「高友蘭」，就可做「高鐵有難」。

尤其是學生們，最容易犯的錯就在此，我任教的文化大學與華梵大學，每考完試檢討時，大家都一起笑翻天。

第二，可以利用諧音來省字。

現在的標題越做字越少，這是現代的新趨勢，去看看三大報的頭條標題，比起二十世紀少了好幾個字，而諧音有意在言外的妙意，常能省字。

好了，我們來個測驗，張菲與胡瓜師徒從來不王見王，但是有一年兩人在周末的八點槓上了，張菲開了個新節目叫「王牌威龍」，胡瓜好像叫「黃金周末」，於是媒體大肆抄作，宣稱這是師徒大對決，也要決定誰是綜藝一哥，當然張菲與胡瓜也樂得宣傳。

結果周六兩人對決，節目到十點才結束，還要等收視率，我們編輯已經下去編版了，消息傳來，張菲的「王牌威龍」大勝胡瓜的「黃金周末」。這麼多字，你怎麼下題？我五秒鐘就下好了，諧音省字功能彰顯無遺。題曰：「王牌非凡，無可瓜代」。八個字將節目名，兩人名全包括進去，而「無可瓜代」又點出了全文主旨，妙！

第三、意義要準確，不要為了諧音而諧音。

例如為了紀念朱熹逝世八百周年而辦的書法展叫：「沉墨是金」，為了諧音「墨」，但是原意「沉默是金」與此事何干？民生報在B七版頭條「秋遊卑詩、鮭心四見」（95、8、24），講的是鮭魚大洄游奇景，既然是難得一見的奇景，如何會「歸心似箭」呢？

第四、要有一語雙關的妙味。

例如鎖店叫「鎖向無敵」，小吃店叫「茶愉飯厚」，就有意思；華泰銀行文宣「最懂貨客之道的銀行」，博

民生報 Min Sheng　中華民國九十五年八月二十四日星期四

秋遊卑詩 鮭心四見

鮭魚大洄游奇景 四年難得一見 亞當河是賞鮭最佳地點

魚博士 ·張銘耀·

鮭魚爲什麼會洄游

鱒鮭（salmom）與鱒（trout），其實是

記者黃慶安／報導

■今年適逢加拿大卑詩省（British Columbia）四年一度的「鮭魚大洄游年」，從9月起就可觀賞到數以百萬計的鮭魚從大海逆游至內陸淡水河域的壯觀

內大小河流每到秋天多可見到鮭魚逆流而上的奇景，由於鮭魚洄游時魚鱗會脫落，魚體也轉爲紅色，數量多的時候整條河流有如紅毯，相當震撼，今年正逢鮭魚洄游四年一度的大發生期，壯觀程度非親眼目睹無法感受，遊客千萬不要

洄游（2002年）所產下的鮭魚數量推估，今年將可觀賞超過300萬條鮭魚在水中逆流、交配、產卵、直到死亡的神奇過程。

當地的亞當河鮭魚協會每四年都會舉辦盛大的「紅鮭禮讚」，將賞鮭活動推

用諧音做標題，意義要準確，不要為諧音而諧音

君一粲，就達到了「詼諧」的目的。

黃全祿檢察官的公子「黃俊彥」，是建國中學的資優生，他在高二時有篇文章在網路上流傳，很火紅，就因為以諧音的一語雙關妙味，吸引了目光。他說：

我爸爸叫做黃全祿，和「黃泉路」的音一模一樣，偏偏他又當檢察官，許多當事人收到他的傳票，都臉色大變，以為自己死路一條。」

再說我們學校前任家長會包會長，名叫包崇敏（包你聰明）；萬萬沒有想到會長夫人叫朱若愚，真是大智若愚，也有人說她一生不愁吃，因為名字裡有豬有肉有魚，有意思吧！

爸爸的同事中有幾位的名字也很有趣，有位法官叫錢通；楊軍法官單名叫威，每次打軍用電話，由於收訊不良，常常要大聲報告名字，令旁人暗地偷笑，因為他都大叫：「喂，喂，我楊威（陽痿）啊！」

另一位檢察官姓沙名任，他更有意思。每次打電話去警察局刑事組的時候，常常扯不清楚。「喂，我沙任啊！」「啊？你殺人？」「我沙檢察官！」「什麼？你殺了檢察官，還不快來投案！」

還有一件更鮮的事，媽媽的學姊楊阿姨（曾太太），她的女兒古箏彈得非常好聽，媽媽前去道賀：「妳彈得真好！」「阿姨，曾好是我弟弟的名字，我叫曾妙，妳怎麼知道我弟弟的名字？」「什麼？妳弟弟叫曾好，妳叫曾妙？這……這名字取得真棒！」「阿姨，妳說什麼？曾棒是我小弟的名字，妳怎麼又知道我小弟的名字？」「哈哈哈……曾妙、曾好、曾棒，太好笑了，是誰給你們取得名字？取得可真鮮啊！」「是我爸爸取的，我爸爸就叫曾先，妳怎麼連我爸爸的名字都知道呢？」

如果你看到此會心一笑，就明白了諧音的趣味。

鴻海公司尾牙，送出現金大獎，董事長郭台銘公布獎額，全場高喊「加零」，郭老板一高興真的加個零，員工大樂（因為當時郭台銘正與影星劉嘉玲拍拖）。

第五、要能一目了然。

這種花俏功夫，絕不能像猜謎，要讓讀者去猜，尤其是廣告與宣傳，時間很短暫，掃瞄而過，立即獲得資訊。例如：「無蟹可擊」是螃蟹專賣店、「椅靠一生」是賣椅子的、「冰不厭榨」是臺北遼寧街夜市的冰店、「老痣號」是饒河夜市的點痣店，都要在第一時間讓顧客明白，而且帶著笑意的走進來。

我看過兩個極佳的宣傳構思，一是「勤剪致富」，這是剪印花摸獎的廣告，多好！另一是「坐以待斃」這是錢莊的廣告，也逗。

以上五端，是諧音題的基本功夫，必須具備。下列四點則是高級諧音題的進階條件：

第一要符合中文的語法規範。

例如克萊思勒變成「客來思樂」、冰店叫「冰不厭榨」、飲料店叫「有口皆杯」。這些都是中文的正規語法，是文字藝術的享受。

問題是臺灣太多的諧音以詞害意，完全偏離了中文的語法，像「56」代表無聊，兄弟象與統一獅爭總冠軍，象迷高舉「獅老兵疲」、「獅橫遍野」、「城池盡獅」、「大雨淋獅」，就都不符合中文語法。

第二是採用諧音之後，本身的字義也通。

簡單的說，就是變音之後的文意是否仍在？若變音後的新字，本身文意仍通暢，緊扣題意，就是好題。

例如久旱不雨，用了諧音「無雨問蒼天」，但是原意「無語問蒼天」也通，就非常厲害。再如中秋節有許多好的音樂節目推出，民生報有個題：「樂到中秋，分外迷人」，此題本身文意通順，再用「樂」比「月」，配上分外迷人，自然迷人！

第三是與本身有特殊的指涉，這最難，也最博君一粲。

用個網路流傳的笑譚來說明，網路上曾流傳諧音車牌，例如 YA–5438（耶－我是三八）、SPP–945（SPP– 就是我）、一位美女的車牌，叫人看了猛搖頭說：實在太貴了！因為她的車牌號碼是：QK–5000。

有一個人買了一部新車，沒多久車身就被刮了很多傷痕，他只好自認倒楣，重新烤漆，可是沒過幾天又被刮了，他忍不住向朋友抱怨，朋友也覺得疑惑，後來看過了他的車，才明瞭，原來他的車牌號碼是GY–0857（機歪–你爸有錢）。

臺北市辦二〇〇六年的牛肉麵節，主標語是「牛轉乾坤、麵麵俱到」，這個諧音以我們前述的標準而言，其實並不高明，但是有的個別諧言就充滿了巧思，如「麵紅耳赤」是辣味麵、「麵黃肌瘦」是黃牛瘦肉麵、「麵麵相覷」是清湯麵、「麵目全非」是牛雜麵、還有「麵壁思過」、「麵有難色」等等。

第四、用好的諧音題來罵人，比直接罵還痛。

諧音罵人是花俏標題最高的文字藝術。例如：臺視本是戲劇與綜藝節目的王國，但是有一年全部收視都是最後一名，編輯題曰：「臺視隱疾，有口皆悲」。罵得多痛，比直接批評有力太多。再如抨擊修憲叫：「民主羞憲」。抨擊拔河斷臂是「臺北驚驗」。

所以好的諧音標題，第一要義在靈動，切忌牽強，尤禁附會。第二在精確，所變化的字語本身，就是新聞的精髓所在。第三在通暢，讓文意一目了然。

當前諧音字的問題也有三。第一是氾濫。「物以稀為貴」，一旦氾濫成災，就弄壞胃口了。第二是牽強。勉強拼湊，成了大花臉，讀者讀來格格不入，有突梯生硬之感。第三是不精確。為了配合諧音字，往往本末倒置，成為標準的「以題害意」。

體育版最氾濫

目前各報諧音字最氾濫的首推體育版，體育版的諧音字有三大類。

第一類是職棒，已經成了諧音字的大本營，從球隊名、選手名、外號、專有名詞、輸贏，全可做題。

以隊名言，兄弟連勝就是「所象無敵」，連敗就是「不象話」。統一輸球成了「獅老兵疲」、「獅橫遍野」、「城池盡獅」、「獅守」、「大雨淋獅」。

但是介紹個好題給大家，金剛獲得了季冠軍，下半季請了吳復連擔任總教練，民生報頭條是「金剛開訓　追求吾復連」，很有意思。

第二類是球類。其實球類最難工難巧，敗筆之作遠多於好題，編輯宜藏拙。

以文君讀者來函的指正，兩則都是球類，可見一斑。

最常見的如「陳靜桌佳銀牌」指桌球、「張榮顯是中市手護神」指手球、「高市築成十連霸堡壘」指壘球。

美國網球公開賽，中時晚報用「葛拉芙、山普拉斯，無網不利」，用「網」代「往」還說的過去。但是民生報「臺南市真勇橄三連霸」指橄欖球，就有些勉強，到了大成報「壘積健康　中華先生小姐開球」指壘球，就太著痕跡了。

在以項目做諧音字中，毫無疑問，游泳項目的「泳」字最熱門，如「泳冠群雄」、「泳破紀錄」、「泳往直前」、「泳不可當」、「泳士」等。

第三類是得牌。得金牌成了「真金彩」、「金彩演出」、「金嘆號」、「大金奇」、「一舉金人」、「金喜」。得銀牌成了「銀得光彩」、「銀得漂亮」，有一報紙乾脆簡單明瞭：「陳靜，銀了！」

在銅牌方面，如果是團隊項目，常用「銅心協力」。奧運曾看到一個超乎想像的標題，指美國七項女王喬娜傷腿，跳遠只得銅牌，掩面哭泣，題曰：「銅情心」。

亞青杯，中共抗議有人揮小國旗，民生報連續兩天頭條，分別用了「莫名旗妙」、「旗有此理」。

影劇版也常見

除了體育版之外，影劇版是諧音字的另一大本營。影劇版用「笑果」代替「效果」、「重聲」表「重生」、「孕事」通「韻事」，幾已成例行公式。

影劇版的諧音字主要用在名字和節目名稱上。例如「威龍倦勤　菲越星期六」、「ID4票房億飛沖天」。波神彭丹到金門勞軍，成了「金門勞軍　波濤胸湧」。葉啟田離婚成了「枝芬葉離」（他太太叫劉嘉芬）。

蔡琴和楊德昌分手，於是「此琴可待成追憶」；方文琳和于冠華宣布喜訊，成了「方心已定，共效于飛」。

已經停刊的大成報和民生報本來是影劇版的諧音之王，尤其是大成報，諧音字可用氾濫成災來形容，是全國唯一常在頭版頭條也大膽用諧音字的報紙。例如葉啟田和太太離婚爭孩子的新聞，用「剪不斷　理孩亂」做頭條標題，這種題會讓資深編輯工作者目瞪口呆。

以民生報（八五、九、一七）為例，影劇版就做了三個諧音標題，「天心　再展峰華」，凸顯「峰」字。「舒淇拍片　香悍淋漓」，強調她演「悍」婦。「情緣起、琴聲揚」，以「琴」代「情」，重點在蔡琴又有護花使者。

影劇版是輕鬆版面，諧音題最好能有逗趣的「笑果」，大成報有個題就很逗，文章是說朱惠珍羨慕楊思敏的身材，題曰：「朱惠珍　有圍者亦若是」。

證券版排名第三

除了體育版、影劇版外，諧音字排行榜排第三的是證券版。

證券版大部分利用公司名字的諧音來引喻指數的升降。最有名的例子就是近半年來摩根・史坦利效應，諸如「股市　摩拳擦掌」、「指數著摩」、「交易熱　摩力四射」，各報都大玩一個「摩」字（曾看到一個題：「黃仲崑　著模了？」嚇了一跳，原來他迷上了一個模特兒）。

不過有的諧音字要用唸的，例如中共飛彈演習，股價指數卻上升，題曰：「股市反彈　指數反彈」，前一個「彈」指飛彈。

生活新聞版也是諧音字大本營。一般而言，生活新聞諧音字易工，所以皆有一定水準，例如前引的「古蚊觀止」、「無雨問蒼天」。

治療不孕症新技術發表，好幾家報紙不約而同用了「有子望」、「有後望」、「再現生機」，此處的「子」和「後」意涵皆很明確。

鉛中毒，有人用「肺有鉛鉛結」，也有「鉛萬要小心」、「防治工業病，鉛辛萬苦」。前陣子減肥藥盛行，有人吃減肥藥喪命，中央日報下了個標題：「減肥　藥命的吸引力」。

我們做了個專題，指國人患癌後，想盡辦法求偏方，包括吃棺菇等千奇百怪的方式，我做了個總題：「抗癌上天下地　尋藥千方百劑」，這個題是標準題，一千種方子、一百種藥劑，所以「千方百劑」符合中文語法，然與原意「千方百計」也是新聞的重心。

政治新聞出手不凡

一般而言，各報在政治新聞版是不輕易做諧音字標題，否則一出手必不凡，例如前引「民代不應享有免責拳」。不過晚報就沒有如此嚴守尺度，政治新聞也喜動一些腦筋，其中又以自立晚報最熱中。

標題暗藏人名，是諧音的妙用（中央日報87.6.28，9版）

中央日報本來是不准政治新聞玩諧音題，後來玩上癮，連一版頭條都玩，舉一例：「政院版公投欺世盜民」，這個「民」是諧音民進黨。可見罵人用諧音很好玩的。

最後，要談一談人名的諧音題。這是最討喜的一種花俏標題，因為具有戲謔的意思。個人看過最有趣的是中時晚報（八六、一〇、二一）寫臺中市長三位候選人，分別是宋艾克（最愛哭）、洪昭男（逢遭難）、張溫鷹（張穩贏），後來果然張當選市長，宋揮淚、洪昭男真的遭遇困難（指路邊尿桶風波）。

黃義交事件發生後，很多人戲稱他「滑一跤」，不也莞爾！

以前我做編採中心主任時，我的編輯們上班都快樂的不得了，因為大家都在玩文字創意，而且互相比賽，每次編輯做了個好題洋洋得意時，我常常做出個更好的來。有次文化新聞系畢業的古慧鈴小姐做了個題，很得意且大力的放在我桌上，我知道她做了好題來踢館：「柯江高峰會　臺北股匯靈」，那天股市與匯市都大漲，她將自己的名字「古慧鈴」諧音「股匯靈」，讀者根本不知道，但是我們上班因此快樂得很。

過於氾濫失去新鮮感

持平而論，當前部分諧音字標題過於氾濫，反而失去了新鮮感，有的標題硬湊活拼，毫無文字美感可言，讓諧音標題的「意外轉折」效果盡失。

本身文意不通，就應少用。

例如NBA西區決賽，爵士隊三負一勝後急起直追，連勝兩場，好幾家媒體用「爵地大反攻」、「掙脫爵境」、「爵地反撲」。在中文裡沒有「爵地大反攻」的用法，本身文意不通，就顯牽強。

同理，「壘積健康」、「銅情心」、「著模了」，本身文意不通，就非好題。

反觀「古蚊觀止」、「無雨問蒼天」，本身文氣意理通暢，讀者萬一沒察覺到變諧音，也能理解掌握題意。

中國文字的豐富美麗，在於六聲，其中的「假借」，讓中國文字佳「音」天成，許多文字遊戲皆由此衍生，數千年來中國文人樂此不疲。

中國人是諧音字的老祖宗，歲歲平安（碎）、年年有餘（魚）、年年高昇（年糕）、大吉大利（橘）、事事平安（柿子）、和諧（荷蟹）、包中（粽）等，雖然現在諧音變成臺灣社會的強勢語言，年輕人趨之若鶩，來勢洶洶，不能小覷，可是壞的諧音會成為悲傷的文字，積重難返後，我們的下一代再也寫不出正確的「憂」美文字。

但是也不必抗拒諧音，視為外道的把式，所謂正者法度，奇者不為法度所縛，諧音靈思閃動，借奇巧博會心一笑，文字的風流盡在其中。

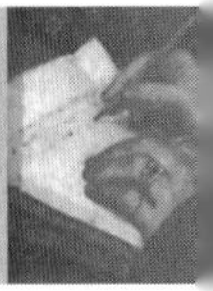

六、

我嵌我嵌我嵌嵌嵌

——嵌字標題

「嵌字標題」是花俏標題的「題王」，是當前用得最普及最氾濫的一種。

「嵌字」本是中國文人騷客最喜歡的一項文字遊戲，或自娛、或酬答，文字本身就以幽默詼諧之姿，博擊掌讚賞之歎。

時人中最善於嵌字的當推張佛千先生，常在報刊雜誌見到精彩之作。楊振寧、李政道、王大中、沈君山諸先生替恩師吳大猷作壽，張佛千做頌詞曰：「大師奠基，猷佈澤施。金聲玉振，既壽而寧。為政在學，弘道在人。大道觀微，有精中藏。作師作君，山高水長。」

此頌詞之妙，不僅將大猷、振寧、政道、大中、君山全嵌進去，而且字字有所本，分別取物自《大學》、《孟子》、《論語》、《老子》、范仲淹等。

張佛老也替筆者做過嵌字聯：「西園繡菖麒麟兆瑞，屏風耀彩鳳凰來儀」。

另外一位奇人應屬年逾七十老翁王炎先生。王老先生生平兩好，打橋牌和作嵌聯，他立志將所有認識的橋友名字全做成嵌字聯，逐期發表在《中國橋藝》雜誌上，連續幾年從未間斷，已成該雜誌的一大特色。第四三一期《中國橋藝》（八五、一一），首度將王炎先生的嵌字聯登在首頁，剛好嵌的是筆者：「月滿西樓雲影淡，風吹屏閣露華濃」。

目前坊間各報，每天都可以見到嵌字題，氾濫得已成洪水猛獸。以前大成報是第一愛用者，每天幾乎每版都有嵌字題，其次是民生報，現在的蘋果日報也愛嵌。由此可見，影劇版和體育版是嵌字題的大本營，嵌人名、歌名、片名，幾已成各報影劇版共通手法。而體育版嵌人名和各隊隊名，更是稀鬆平常。

中國時報常在社論下方的短評，屢次用嵌字題，這是非常特殊的情況，例如評論強暴犯去勢問題，題為「大勢已去」，將「勢」做變體。

基本上嵌字已成社會很普遍的手法，不要說競選文宣幾乎都嵌字，連民間也常利用嵌字來做宣傳，舉兩例博君一笑：

上聯：「和氣經營生意旺」，下聯：「順心利業財源通」，這是什麼公司的門口對聯？你絕對猜不到，是「和順」檳榔。連檳榔攤都知道用嵌字，可見中國文化的深入人心，看到時不禁莞爾。

上聯：「怡人心情好彩致」，下聯：「賓至如歸真歡喜」，橫批：「怡悅嘉賓」，這是「怡賓」餐廳的大門口對聯。

但是縱觀目前媒體的嵌字題，硬湊硬搬的太多，強行套入標題，毫無文字的美感，大失其趣。好的嵌字題應該是妙手天成，靈思一出手到擒來，老是想強行嵌入，往往有畫虎類犬之感。

上等的嵌字題，最佳的在一個「奇」字，讓讀者拍案驚奇，享受嵌字的樂趣。茲舉三例如下：

1. 遠流出版社替金庸作品集換新封面，中央日報文教版題為：「飛雪連天射白鹿　笑書神俠倚碧鴛　金庸武俠煥然一新」。將金庸十四部武俠名著的書名第一個字全部嵌進去（這不是創造，而是引用）。

2. 前臺北市副市長陳師孟要拆圓山陳納德將軍雕像，認為樹外國人雕像不好，不如改用孟子像。中國時報社論下短評題為：「既欲師孟　何不納德」。不但把兩人名字全嵌進去，而且有強烈批判陳師孟的意思，玩耍花俏又能有批判辣味，極具巧思。

伍茲 桿淨俐落

約翰走路 高球菁英賽

收服小鳥老鷹拉大領先 坎貝爾添後勁與潘普林列第二

無罪？「瓜」田李下重重聯想

報導老虎伍茲球技高竿（中國時報89.11.19，11版），藝人胡瓜在疑涉詐賭案官司中被指收買法官（同上96.3.22，10版），記者適時用上嵌字題，有一語雙關之妙

3. 味全龍出戰三商虎，派出有「金臂人」美譽的黃平洋主投，完封完投獲勝。中央日報體育版換新主編溫裕國先生，他本不喜嵌字題，因此挑戰我問這可以嵌字嗎？我不假思索做了個題為：「黃金手臂平虎　味全喜洋洋」。題意本身完全符合新聞重點，一點也不牽強，但是卻暗暗將「黃平洋」三個字全嵌進標題裡去了，從此裕國兄也大嵌特嵌。

除了這種令人拍案驚「奇」的好題外，次一級的至少要有「妙」味。所謂「妙」味指的是一語雙關，將重要的字嵌進去了以後，這個字當作另外的解釋，卻恰好是新聞的重心。試舉幾例：

1. 蕭登標案。題為：「警方無力治標　掃黑大打折扣」。「治標」一語雙關。另見一個題，力道就差一些：「通緝犯　議會登堂入室」，嵌個「登」字。

2.獅拿職棒總冠軍：「職棒七年　統一天下」。

3.張菲「王牌威龍」大勝胡瓜「綜藝星期天」：「王牌菲凡　無可瓜代」。這裡的「瓜」字嵌的極佳。

4.方文琳決定嫁給于冠華：「方心已定　共效于飛」，此處「方」和「于」嵌的絲絲入扣。

5.蘇有朋等三位明星的星爸酷愛在一起研究書法，恆述法師請他們上「橫豎人生」節目，題為：「三個星爸一個尼　一橫一豎談書法」，將「橫豎」兩字嵌的渾然天成，毫不見斧鑿之跡。

很多荒腔走板的嵌字題，常在嘗試一語雙關時，因功力不足失手，反而給人畫蛇添足之感，也舉數例言之：

1.大成報：「宏國打贏聖戰」。「聖戰」做變體。原來是菲律賓聖露西亞隊來訪，為了嵌個「聖」字，這種友誼賽豈夠資格稱「聖戰」？

2.「南以置信　非比尋常」。這個題為了嵌「南非」兩字，費了九牛二虎之力硬湊，其實我們和南非斷交，早就風聲傳遍，何來「難以置信」？

3.中視搶胡瓜失敗：「瓜哥情難卻　不中留」，此處「不中留」倒有一語雙關之意，但算是嵌了「中視」，就太有想像力了。

第二天峰迴路轉，胡瓜又回心轉意，民生報也露一手：「綜藝主持人　中視攔胡」。此處用了麻將術語「攔胡」，就比較有些意思了。

除了「奇」字訣和「妙」字訣，至少應該做到「平實」。例如：關穎珊滑冰奪冠，用了「脫穎而出」；陳鋒拿羽球金牌，用了「鋒芒畢露」；張清芳出新專輯，就是「清純出擊」。

這些題至少「本意十足」，但是坊間五花八門、千奇百怪的嵌字題，往往連平實都掌握不住。

僅以瑞士十六歲女小將辛吉絲為例，八十六年一月她首度獲得澳洲女網冠軍，中時晚報用了「辛欣向榮」。到了五月法網賽，女子四強辛吉絲擊敗莎莉絲，大成報「兩后對決　絲絲入扣」。等到辛吉絲和瑪若莉爭后冠，聯合報「辛然封后？　瑪到成功？」。七月溫布頓開打，辛吉絲四強賽擊敗庫尼可娃晉入決賽，聯合報「歡辛挺進冠軍賽」，這些題嵌名字都不及格。

上述這些題的困難在於想嵌名字，又想一語雙關，還想賣弄諧音，企圖一舉三得，但功力不足，畫虎不成反類犬。

要想三面俱到，殊非易事。中時晚報一版有個題：「辜且不談」，就比較靈動有意思（指大陸方面拒絕與辜振甫會談）。

黃永武教授曾說：「一段文字中，神采奕奕，全仗精闢的幾句；一句美談間，神觀新銳，全仗一兩個字」。用在論「嵌字題」，恰當無比。

周夢蝶應邀到中山大學擔任一周駐校作家，余光中在菩提樹下辦詩歌朗誦會歡迎他。中央日報題為：「西子灣潮音如夢　蝶舞菩提樹」，將「夢蝶」就嵌得「神觀新銳」。

再如批評陳水扁跑去高天民擊斃現場爭功，題為：「諉過夠水準　爭功看扁他！」

五十二歲午馬娶了廿八歲大陸演員馬艷，題為：「午馬的晚春情事　馬嫂年輕又美艷」。

選舉幾乎是嵌字的大本營，做競選文宣第一感就是要先想嵌字，例如：許信良的標語是：「相信良心」，嵌「信良」。王世堅是「議會堅兵」等。

同理，標題嵌字題在競選時非常好用，主要的目的在省字，因為可以將名字縮成一個字，其次又有一語雙關的趣味，一舉兩得，何樂不為？

例如：「成事在天　堅持綠化　泉力以赴」指新竹市林志成、蔡仁堅、王少泉。「全權相爭　要看伍澤元臉色」指屏縣蘇嘉全、曾永權。「王師勇往前　游兵緊追後」指花蓮王慶豐、游盈隆。

其中有個題就比較有意思：「連戰說不要守成」。一方面連戰駁斥外界說他保守，另一方面不要「宜蘭劉守成」（後來劉守成擊敗廖風德，中國時報的題蠻有意思：「民進黨在風中守成」，將兩人名都嵌入）。

候選人的嵌字題是最容易又最討好的一種，像徐中雄「中縣稱雄」，陳根德「扎根道德」，何智輝「智慧光輝」，阮剛猛「剛強勇猛」等。

「深根基層　與縣民山盟海誓」指謝深山，「祈福許諾　天惠民祐」指許惠祐。同理，「硬漢新朝氣　重振中油威」指的是陳朝威。

由這些例子可知，嵌字題是最易工的花俏標題，也由於容易構思，遂至氾濫，於是有名必嵌，不僅是人名，且包括片名、劇名、書名、地名，無所不嵌，但動人的佳作確實不多，想要達到一字得力、通首光采的境地，何其不易！

好了，最後要談最重要的問題，如何想嵌字呢？很簡單：

第一、從事情著手，用事情聯想名字。例如當年江丙坤選立法院副院長民調穩操勝算，嵌字的想法是江丙坤與選舉能不能結合在一起，請想一想？

中國時報三版的題是：「半壁江山　乾坤在握」。副題還玩了個「讓陳總統很藍看」，弄了個「藍」在裡面。

再如影劇大亨楊登魁返國投案，眼睛一看就知道「登魁」是可以玩的，這已經成了公式，於是題為：「曾經一步登魁　如今幾番風雨」。

再來想一個，李居明被臺灣大聯盟挖角，但兄弟象全力留人，讓李居明左右為難，乾脆躲起來，「居明」可不可以來與此事牽拖？我做了個體育版頭題：「棒球先生　居止不明」。

第二、是將事情與專長結合起來想，例如鈴木一朗是安打王，但是與王建民交手，卻零安打，聯合報題為：「一朗不安　還被K」，這個「不安」雖然有一語雙關的味道，還不是很好，有點硬湊，但思考方向是對的。

例如魏甦公祭，他與吳兆南是臺灣相聲的始祖，所以可以從相聲想想看如何嵌？我做了個藝文版頭題：「好友相送魏甦　聲聲不捨」，將「相聲」嵌了進去。

第三、一條新聞最重要的是結果，所以標題當然以結果為主體，嵌字也要以此為主體，各報思考的方向都是一致的。例如NBA七六人連勝，中國時報做「七六人　好九不敗」，嵌九連勝。等到十連勝時，三報都做頭條，而且都是嵌字，中央日報：「76人　十全十美」、中國時報：「76人　馬力十足」、聯合報：「76人　10在了得」，你看，各報編輯已經成了習慣。

再來是位置，嵌字題很講究嵌的位置：

一行題嵌一個字，最好在第一字，引人而且明白是嵌字。

一行題嵌兩個字，最好在首尾，做變體最漂亮。例如「馬嫂年輕又美艷」，午馬的老婆叫「馬艷」。

兩行題嵌兩個字，可以⑴嵌在兩行的頭。⑵嵌在第一行的頭、第二行的尾。⑶嵌在第一行的尾、第二行的頭，這是我比較喜歡的方式，因為兩個字在一起，看得很明白，例如白曉燕案證實被撕票，我做題：「青春年華方破曉　燕兒魂歸離恨天」，「曉燕」兩字在一起很清楚。絕對不要嵌在兩行的尾巴，容易忽略。

76人十全十美

76人馬力十足

七六人 好九不敗

主場澆熄熱火開幕連勝新高
艾佛森領銜演出佳作冠群倫

76人10在了得

輕鬆突破塞爾特人防線 開季十連勝 挑戰隊史二十連勝紀錄

同一條新聞，各報編輯竟然不約而同用上了嵌字題

如果不放在頭尾，最好放的位置一樣，第一行放在第二個字，第二行還是在第二個字，這樣才有對稱之美。

當然將嵌入的字做美美的美工變化是很重要的，一方面要讓人明白你有特殊含意，另一方面還可借顏色或形狀傳達一些意念。

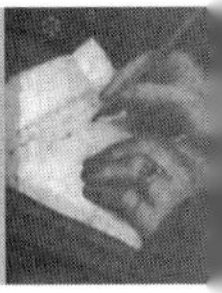

七、世紀末消失的華麗

——文學標題

在花俏標題中，歷史最悠久的當屬「文學標題」。

文學標題粗分為三種型態：

1. 對聯式，或七言絕句式。
2. 引用古文式，或竄改古文式。
3. 散文詩（優美的詞藻）。

在民國三十八年，政府播遷來臺，許多腹笥豐富的文人進駐編輯檯。他們國學底子深厚，卻有志難伸，於是守住一方版面，舞文弄墨，沉醉在文字遊戲中，在標題上享受吟詩作詞的樂趣，他們以深厚的學養摛布鴻采，使標題在華藻中美雅。

此時的文學標題以對聯式和七言絕句為重點，優美而咬文嚼字。臺灣新生報和徵信新聞報（中國時報前身）為文學標題主流，其次是大華晚報和聯合報。

到了六、七十年代，老一輩的編輯逐漸退隱，但此種對聯式和七言絕句式標題卻未消逝，主因在於中國時報總編輯王篤學先生和聯合報執行副總編輯查仭千先生，兩人主持編務，又是文學標題的愛好者與實踐者，於是此時的文學標題充滿著「篤學體」和「查公體」的風味。

中國時報受流風所緒，直到今天，仍堅守對聯式和七言絕句。

到了八十年代，新一代的編輯崛起，他們擺脫古典的束縛，於是優美散文詩式的標題大量出現，或是假借古人之名詞佳句，做出各種俏皮詼諧的引用及竄改。

在所有媒體中，中國時報和聯合晚報是最喜用「文學標題」的媒體，不過中國時報以對聯式和散文詩為主，而聯合晚報則喜用古文名言佳句。

用「文學標題」的場合，大致可分為五大類：

第一當然是歌頌愛情。文學的軟軟風格，最能體現出愛情的美妙，尤其適合學生的報刊，例如前不久在《文化一周》看到一個題：「問班對情為何物　直教人又愛又恨」，怎樣的愛情呢：「情到深處：幫你作業　顧你生病　為你省錢　靠你上學。　恨到高點：說你懶散　嫌你黏人　挑你摳門　罵你麻煩」，很逗趣。

「寂寞像是鴻海　首富的晚春情事」，嵌字加文學，構成了絕妙的好題，將郭台銘的心事吐露無遺。

第二類是死亡或重殘，尤其是女性或弱勢族群。「文學標題」可以激起悲淒的情緒，主動營造版面氣氛，達到與讀者情緒共鳴。

我很推薦嵌字加文學的方式，很有味道，例如蘇雪林往生，題為：「一枝健筆　掀起文壇綠漪，半生遁齋　看盡百年歸鴻」，有做對子的味道，「綠漪」是她的筆名，《遁齋隨筆》、《歸鴻集》是她最著名的書名，嵌得有文學氣息。

再以白曉燕案為例，各報「文學標題」大量出現，運用文字感人的力量，打動震撼讀者，好幾家媒體都做了嵌有「曉燕」兩字的對句，以中央日報（八六、四、二九）二十四版頭條為例：「青春年華才破曉　燕兒魂歸離恨天」。

中國時報更是放開手腳，大玩特玩，各版頭條連續多天都是最拿手的對聯式，隨手拈來舉數例：「愛女生死兩茫茫　日夜煎熬慈母心」（四、二六，五版頭條）、「串串紙鶴滴滴淚　聲聲呼喚冥冥燕」（四、二九，六版頭條）、「飄飄白幡招芳魂　冰冰無淚喚燕歸」（四、三〇，五版頭條）。

再拿八十四年九月九日張愛玲病逝洛城為例，各報也是「詩情大發」，中國時報當天一個題：「以猝不及防的姿態靜靜劃下句點」，多像新詩。聯合報「絕望　張愛玲後半生的詛咒」，不也是現代詩。不禁令人想起當年三毛過世，在榮總病房浴室用絲襪上吊自殺，我做了個題：「用絲襪做人生最後一條項鍊　三毛告別滾滾紅塵」，不也有詩的味道，相信以三毛的淒美，她絕不願意用「自縊」、「上吊」等字眼來描繪自己的死亡，她一定願意我們用如此優美的手法刻劃她的離別。

張愛玲火化當天，中央日報用她的四個書名，做了個散文詩的題：「火焚紅樓流言海葬傾城怨女　張愛玲孤寂火化　玫瑰崗蒼涼淒清」。

中國時報當然又沒放過玩「對聯題」：「秧歌唱盡半生緣　傾城之戀成絕響」。成大女生跳樓自殺，中國時報大玩特玩，兩個題：「因為你的酷　我愛的好累」，「心有千千結　願伴彩雲飛」。簡直像情詩，淒美絕倫。新生報用「愛情迷航」，臺灣時報用「愛情死結」，也有味道。

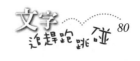

第三類是好人好事，或勵志向上，從困苦或受難中，展開不屈不撓的奮鬥。

以《我還有一隻腳》詩集聞名的十歲抗癌小巨人周大觀為例，各報都用「文學」的手法來做題，周大觀過世那天，中央日報主標題是：「周大觀　十載須臾　詩存無窮」，此題出自蘇軾的〈赤壁賦〉。

彰化基督教醫院蘭大弼醫師以仁術救世，在一篇特稿中，我做了個對聯式肩題：「以大愛包容病人千瘡百孔的巨痛　用深情化解患者枯索黯敗的苦楚」。

第四類是喜事。例如高壽、婚嫁等。

當年有一篇描述蔣夫人紐約生活的特稿，中央日報二版題為：「悅親友之情話　樂書琴以消閒　蔣夫人深居紐約　雲淡風輕」。這是中央日報二版非常罕見的文學標題，兩句肩題出自陶淵明的〈歸去來辭〉。

張學良九十大壽，有篇我寫的側記，題為：「古今多少事　盡付笑談中」，此題出自《三國演義》。

第五類是社會新聞、文教新聞和影劇新聞。

文教新聞和影劇新聞用軟調標題，適合版性，茲舉數例：

聯合晚報：「臺灣民間戲曲　笙歌將盡人未散」。

中央日報：「張愛玲筆下少帥　墨斷篇殘　輕探近代史流言　突然鬆手　留下謎一

般的六十七張稿紙」。

中央日報：「馬之秦、比莉：姻緣路上跌倒　驀然回首傷痛已闌珊」。

文教版實在是最適合用文學標題來表現，展現文教版的特色。例如兩岸合辦國父真蹟展，當晚一直和編輯研究如何下題。結果第二天聯合晚報下的最好：「看國父文物攬一頁青史」。比比中時晚報的題就知道：「國父真蹟　兩岸一起獻寶」。

同理，何創時書法館舉辦臺灣書法三百年展，題為：「沾歷史墨汁　細描臺灣書法風情」。啟智學校運動會，題為：「阿甘會跌倒也會爬起　啟智有歡笑也有淚水」，用一些文學手法，將標題變化一下，立即烘托出不同的情境。

可能有人會懷疑社會新聞怎麼會有「文學標題」。其實，「文學標題」就是從社會版上發跡，凡是偷情、打老婆、殺夫、美人計等，都用了精彩絕倫的對聯句。時至今日，社會版的「文學標題」更是「風情萬種」，介紹幾個「妙題」：

1. 姚高橋從警政署長下臺，聯合晚報：「月昏沉　警署孤燈　映照鐵漢落寞」。「姚高橋　燈火闌珊心淒淒」。人間燈海卻孤獨無夢，滿版流露淒清落寞，這已是修辭學中「襯映」的手法了。

2.中央日報：「師生怒海離恨天　捨身護犢淚千行」。(淚千行相當流行，看過一個題：劉雪華告白淚千行　談起他仍有痛。)

3.有四位聾啞竊盜用電鑽鑽牆，聲震四鄰，警察抵達站在背後都不知。中央日報社會版題曰：「視茫茫　牆搖搖　耳聾聾　渾然不知警之將至也　笨賊一籮筐」，韓文正公若知有此標題，不知感想如何？

4.有一女郎欲跳樓，最後被警伯勸下，中央日報社會版肩題：「此情無計可消除　獨上高樓了此生」。

5.中國時報在八十六年四月十八日社會版做了兩個「文學標題」：「心有千千結　誰伴彩雲飛」，用瓊瑤的書形容成大女生跳樓自殺還說得過去；緊靠著一題：「船過水留痕　裸照敲竹槓」，此題上下兩句太不搭調了，破壞美感。

6.社會版中流傳最有名的標題，是一位女性變性為男人，題為：「瘦了櫻桃　肥了芭蕉」，李後主也為之失色。

7.聯合晚報在劉邦友血案也做了個怪題：「輕舟，過重山？　謎情，啼不住？」

8.工人清洗攪拌車，另一工人蘇東坡疏忽按鈕，讓同伴攪死在車內，中央日報肩題：

「蘇東坡按鈕不思量　同事從此生死兩茫茫」。

最近才在聯合報看到一個妙題，是說警方帶回十七名應召女郎，題為：「一車鶯燕滿城春色」。

一般而言，最與「文學標題」絕緣的當屬證券版，但是聯合晚報的證券版特別喜愛文學式標題，已成報業史異數。以八十六年一月二十三日的證券版而言，標題中用了「長嘆」、「夢醒」、「傷心」、「風蕭蕭」等詩情畫意的文辭。

當日該版頭條是「賣壓　難以承受的重」。其次有「店頭市場風蕭蕭　未上市股易水寒」、「散戶長嘆了了　資產夢易醒」、「報稅傷心季節　銀行貼心服務」。這些軟軟的標題刻意放在一起，給版面一種極特殊的風格，好壞暫不論，至少蠻吸引人的。

再舉一例，該報八十六年十月十七日證券版頭條：「電子股狂殺　繁華落盡如夢」，二題：「鋼鐵未擺脫悲情」，三題：「紙上富貴　來去太匆匆」。在證券版看到「如夢」、「悲情」、「太匆匆」也是一絕。

中國時報做六天張愛玲專題，主題是「在世紀末消失的華麗」，以目前新新人類的國學素質，「麗句與深采並流，偶意共逸韻俱發」的古典式標題，恐怕將成為「世紀末消失的華麗」，但是「文學標題」不會消逝，只是會將重心轉移到新詩、散文詩，及古典名言佳句等題型上去。

個人強力主張推廣「散文詩」標題，因為此類標題可「營造情境」，讓讀者從標題就可體會情致歷歷；如屬哀傷事，標題可營造幽咽悽惻的感傷；如屬文藝事，標題可刻劃婉曲有情的真切。

舉聯合報在六版做了全版的兩岸專題為例，肩題是：「臺灣海峽有多寬，裝不裝得下四十年的想念？　臺灣海峽有多窄，容不容得下叩問音訊後的悲喜？」主題是「離一世合一時　十年悲歡　是咫尺是天涯」。旁還有一題：「大陸看臺胞　是愛是恨是矛盾」。

這種題已經脫離了被「新聞牽制」的被動作題，編輯跳脫新聞，主動出擊了！

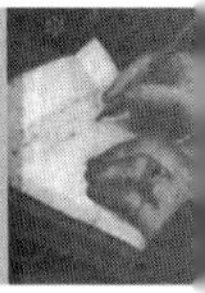

八、回環往復一唱三歎

——複字標題

在劉邦友官邸血案剛發生半個月裡，聯合晚報三版編輯為了凸顯劉案風雨欲來的沉重，及偵騎四出的緊張，用心、刻意且專注地大量使用「複字標題」，借此特殊標題的變化，版面上經營出一股緊湊的張力，一種文字魔力的動感。

所以標題不是新聞的附庸，標題本身也可營造氣氛，展現力量。

聯晚三版編輯在那半月，沒有做其他任何花俏標題，刻意以「複字標題」形成特殊風格，茲舉數例：

「釘棺聲淒淒　親人淚潸潸」，「白髮送黑髮　紅眼映淚眼」，「官員話滿滿　破案路遙遙　警員寒瑟瑟」，「淒淒冷冷忙翻天　浩浩蕩蕩布重兵」，「殺機追追追　夜夜夜狂」，「心痛？　頭痛？」，「三叉路口　茫茫茫」。

特別是八十五年十二月一日，五個「複字題」故意集中在一起，極為醒目：「信心？

灰心？」，「環東路變成警察路」，「疲：大掃蕩、大搜索、大撲空　累：大出擊、大追訪、大轉彎」，「專案小組會議三不：不定時、不定點、不定期」，「專案小組突然搬家！不得已，不吭聲，不洩密」。

這樣五個題集中一起撲入眼簾，成一個版面營造的獨特張力，感受到警方辦案的積極、沉重、壓力。

有次花蓮大火，用了三版全版與四版半個版。三版頭條玩了個「花蓮見蓮花」（意味火災中有見義勇為好事）。四版玩了個「衝下樓，死了。　跳下樓，活了」。然後在四版又看到一個題：「夫子、條子上號子　人事局抓小辮子」。這樣的版面營造了一個生動的閱讀情境。

其實，在中國的文字中，「複字」早成墨人騷客最愛的筆墨遊戲，暗借複字的趣味，或寄寓抒懷，或應時酬答。因此從詩詞的對仗押韻；駢文的奇偶必稱、單複必齊；以至於對聯文類小品的擇言以對待，援義以比例，皆為複字的絕妙佳構。

古詩和《詩經》是「複字」的祖師爺，借由大量的複字疊唱，展現聲韻之美，古詩如「行行重行行」一路疊吟。而《詩經》更是借複字達到吟唱詠歎效果的極品，學者高海夫就指《詩經》特色在「一唱三歎，回環往復」。後代經學大師王引之也曾論述「一唱三歎而不痛其復」，自《詩經》以還，「重章疊句，音調鏗鏘」，已成文學的重要手法之一。

因此，姑妄將此類標題定義為「複字標題」。

二、三十年前，曾在中央日報上看到一則新聞，說省府官員馬公亮到馬公公辦，馬公亮到的時候，正逢馬公天亮。因此中央日報首次在新聞版面上出了個上聯：「馬公亮到馬公　馬公亮到馬公亮」，並懸賞巨額獎金徵求下聯。

後來應徵者眾，有佳作欠絕品。此事是筆者青少年時代一個夢魘，搜索枯腸不得解，今日仍縈懷。

無獨有偶，八十五年十二月十一日中時晚報刊出一則消息，指屏東縣長伍澤元、議長鄭太吉、市長黃清漢全部繫獄，因此高縣砂石公會總幹事出了一個上聯：「代縣長、代議長、代市長　三代同堂」，凡應徵下聯入選者，皆奉贈黃金一兩。

最奇的是迴文，民國九十四年有人出題：「上海自來水來自海上」，從前到後與從後到前，唸起來都一樣，其實這句話早就流傳，在大陸有個寺廟也有句話是：「人過大佛寺佛大過人」，前後讀都一樣。這題我本想對「西湖」，西對上、湖對海，但總是味道做不出來。

可見複字是中國文字動人之處。現代的編輯用來製作標題，自成一門學問。

目前各報的複字標題，大致可分為五種手法：

第一類是由回環往復，達到俏皮輕鬆的效果。

例如高雄抓到牛郎酒店，中央日報做了個標題：「公關公主都公的」，很逗。足球守門人結婚，聯合報做「守門人喜臨門」。

第二類是疊句。中國文人一向善用疊句製造「音效」，中國文學史上最有名的就是李清照的「尋尋覓覓，冷冷清清，淒淒慘慘戚戚」，用一連串疊句，來經營頓挫淒絕之美。又如古詩：「青青河畔草，鬱鬱園中柳，盈盈樓上女，皎皎當窗牖，娥娥粉紅妝，纖纖出素手」，極具音響之美。

有些編輯就善用這種疊句標題，達到緊湊的效果。例如中央日報四版一個頭題：「可疑線索查查查　涉案車輛追追追」，頗有劉駕詩「樹樹樹梢啼曉鶯　夜夜夜深聞子規」的味道。聯晚也有個「殺機追追追　夜夜夜狂」。

編輯用疊句千萬要小心，一勉強反成笑柄，更要與新聞氣氛貼切。李商隱詩詞千古叫絕，但是刻意用了「暗暗淡淡紫，融融冶冶黃」形容菊，被陸鑒在《問花樓詞話》評得一文不值，可見大家都會失手，遑論編輯。

第三類是複字，這是各報編輯的共同最愛。最通俗的例子就是耳熟能詳的「風聲雨聲讀書聲，聲聲入耳；家事國事天下事，事事關心」。

這種標題不勝枚舉：「臺灣省　可以省」，「枕邊疑雲　牽手變殺手」，「奪標失利傷心不灰心」，「多力不出力　涉嫌放水」。

溫布頓網賽，有位球員嫌裁判不公，太太竟打裁判一耳光，我做了個題：「老公抗議不公　牽手竟然動手」。

基本上，晚報特別喜好複字題，除了前述聯晚三版外，中時晚報也不遑多讓，例如：「洪氏兄弟　想賣兄弟？」「陳水扁開支票　邱復生出鈔票」。

個人曾見過兩個絕妙的好題，一個是民國七十九年，股市到達一萬兩千多點後，一路下滑，跌破萬點，中央日報李沐陽先生做了個題：「萬點失守　一寸指數一寸血　三軍無帥　百萬散戶百萬心」，此題獲得一萬元獎金，可惜李沐陽兄後來棄筆從商。

股市在萬點上下不斷來回，又看到一個相似的妙題：「一寸指數一寸血　萬點沉浮萬人迷」。然後在八十五年六月三日中央日報有一題，描述歌星們拍攝專題，吃盡苦頭受盡罪，題曰：「一寸鏡頭一寸美　多少星酸多少淚」。中時晚報上也看到一個題：「守著新聞守著夜」，將記者採訪劉邦友血案的辛苦，七字道盡。

金馬獎頒獎有個題：「守住陽光守住獎」。

另外一個好題是「危機、殺機、轉機　機機相扣」、「罵聲、吼聲、槍聲　聲聲相關」，這是兩篇劉邦友血案分析特稿的題，兩個欄併肩擺在一起，很有味道。

疊字題若再搭配一語雙關題，更為有趣，例如金山隧道弊案：「黑道垂涎隧道　一路通往金山」，讀者有雙重驚喜！

第四種是凸顯字尾同音的趣味。

例如職棒風波，題曰：「球員有貳心　引發領雙薪」。花蓮火災有一義消開怪手救火，題曰：「怪手拓克路　民宅免回祿」。

臺灣大聯盟四隊公平分配球員，題曰：「四隊成軍　分配平均」。

第五種是將兩字的位置對換，形成新的意義。例如大家耳熟能詳的「卿須憐我我憐卿」，「色即是空空即色」。

這種題最重要的是轉折的漂亮。例如一篇從劉邦友血案評述到南非斷交的特稿，題曰：「邦友走了！　友邦走了！」王淑華三級跳遠破全國，題曰：「王淑華三級跳　全國紀錄跳三級」。

聯合報有個題很逗，是說民進黨大老蔡同榮與陳總統槓上，這種在二版的題很少用複字標題，但是本來劍拔弩張的新聞，讓聯合報做得讓人想笑，題為：「老大不爽大老　大老不服老大」，哈！

傳統的編輯學，要求編輯冷靜客觀製作標題。而「複字標題」讓編輯也能在版面上

老大不爽大老　大老不服老大？
蔡同榮早被民進黨層峰列「問題人物」　但蔡不論辭何職　對黨均非有利

爭核四爲何事　建核四實合適

複字標題能讓編輯在版面上主動出擊，達到意想不到的效果（左：中央日報90.2.12，2版社論。右：聯合報92.2.13，2版）

主動出擊，烘托情緒，設計情境。其實，有的意境，非複字不能致勝，例如「離亭黯黯，恨水迢迢」、「書咄咄，且休休，一丘一壑也風流」、「縱芭蕉不雨也颼颼」，所有的情緒牽扯，全落在疊字中。

學者霍松林指出疊句重章手法，既具有音韻、節奏之美，又讓讀者在反覆中達到意象的妙合，完成意境的創造。

複字和疊句是修辭學中極重要的一章。頂真、回文、往復、翻疊、協律、疊敘、重覆等方法和辭格，皆具有疊句重章之意。個人在此方面用功不足，無法作深入的類比，尤其無法用嚴謹的修辭方法，與新聞標題相結合，未將閱讀效果與修辭理論相對應，是一大遺憾！

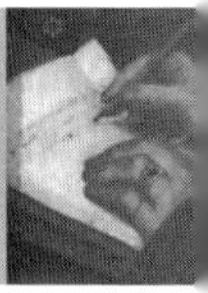

九、可親的片名標題

——兼談「歌名標題」和「書名標題」

運用片名、歌名、書名來描寫新聞及製作標題，已經成為新流行的公式。這種方式具有活潑刻劃及可親性兩大優點。

此種花俏標題的做法，類似修辭學中的「用典」。「片名」、「歌名」、「書名」就是所用的「典」。一方面藉影射引發趣味，另一方面藉「摭拾鴻采」，增加可讀性，其「援名證事」的旨意，正如同用典「援古證今」的逸趣。

劉勰說用典要「取事貴約，捃理須覈」，也正是「片名標題」的準繩。

所以個人一直主張影劇版編輯（記者）手頭一定要有歌本，要有電影明星的簡介（尤其是所拍過的片名），文教版編輯要收集知名作家的書名，社會版編輯要有一本電影片名和電影廣告的剪貼簿。

電影廣告所用的各種宣傳用語，簡潔有力、濃縮精鍊，當編輯作題時，一旦文思枯竭，只要打開剪貼簿，各種好句好詞，立即映入眼簾，妙用無窮。

(一)名曲標題

歌手的新聞，用他的名曲來作題，幾已成各報共識，也相當討好討喜。例如李宗盛和朱衛茵分手，各報標題幾乎「百分百」用「當愛已成往事」做主標題。民生報有兩個標題就很有味：「當愛不再是往事——訪林憶蓮」、「當愛已成往事之後——訪朱衛茵」。

大成報在一版頭條作：「愛如潮水　淹沒朱衛茵」，「愛如潮水」是張信哲的專輯。類似的句子俯拾皆是，王識賢發生桃色新聞，各報皆用「雙人枕頭」作題。中央日報是「兩天雙人枕頭　引起桃色危機」。聯合報是「雙人枕頭　致命的吸引力」，一歌名加上一電影名，構成了別緻的標題。

李翊君與父親打官司，許多報的標題都用了「苦海女神龍」。

陳義信與楊林分手，大成報用了楊林的歌：「楊林　心情 down 到谷底」。

中央日報做了：「生生世世情幻滅、多麼痛的分手、你曾是我的全部　楊林愛到盡頭痛悠悠」。其中「生生世世情」是楊林正在拍的新戲，肩題後兩句是辛曉琪的名曲「領悟」的歌詞，主題「愛到盡頭痛悠悠」是周華健名曲「讓我歡喜讓我憂」的第一句歌詞。最有名的例子是鄧麗君逝世，用她的歌做標題，不勝枚舉，為節約篇幅，不在此引述。

再如，蔡琴與楊德昌分手，中央日報題為「走過十年光陰的故事　今分手各尋獨立時代」。「光陰的故事」是蔡琴的歌，「獨立時代」是楊德昌的電影。

㈡節目名稱標題

用節目名稱來做主持人新聞的標題，更是屢見不鮮。

凡是張菲和費玉清的新聞，總要用上「龍兄」或「虎弟」，或「王牌威龍」做題，已成浮濫。用節目名稱入題雖多，佳構卻少見。八十六年一月二十四日曾看到一個好題，指胡瓜提辭呈，結果以更好的條件獲得慰留，題曰：「胡瓜以退為進　百戰百勝」，此題不僅一語雙關，且有批判的辣味。

(三)書名標題

用書名做標題，也就是用作家的書刻劃本人。

名作家三毛自殺，有個題是：「雨季永遠不再來　撒哈拉沒有了故事　三毛揮別滾滾紅塵」，用了她三個書名。

同理，各報描寫張愛玲也是用她的書。張愛玲在玫瑰崗火化後海葬那天，中央日報題為：「火焚紅樓流言　海葬傾城怨女　張愛玲孤寂火化　玫瑰崗蒼涼淒清」，用了她四個書名。

民國八十五年十月二十二日林青霞婚後首度返國，那天剛好下大雨，她穿著邢李源親手設計的衣服。中央日報題為：「煙雨濛濛中，在水一方有位佳人返國　青霞歸來一身夢的衣裳」。隔天，中央日報刊出專訪，林青霞說她已看淡往日輝煌，心中只想和女兒愛林相處，題為：「遙望窗外星河起伏，青霞依舊在，幾度影壇紅　愛林與媽媽　聚散兩依依」。其中「煙雨濛濛」、「在水一方」、「夢的衣裳」、「窗外」、「星河」、「幾度夕陽紅」、「聚散兩依依」，全是瓊瑤的小說，用瓊瑤書名描寫林青霞，相當貼切，兩個標題用了七個書名，而沒有離題旨，是具有巧思的好題。

㈣片名標題

以片名運用在各種標題中，各報近來極為熱中此一手法，且受到讀者的喜愛，已成為花俏標題的新寵。

1.用片名形容影星，幾已成影劇版的共通手法，大多做的蠻俏皮的。茲舉數例如下：

李麗珍早產，中國時報：「蜜桃成熟　李麗珍提前做媽咪」。

吳倩蓮擺脫花瓶形象，在新片「食神」中粗話連篇，大成報：「清秀佳人變臉　令人刮目相看」。另也見一題是：「莫文蔚犧牲形象　食神中變臉」。

吉娜戴維斯和雷尼哈林來臺為新片「奪命總動員」造勢，各報都用「總動員」做題。中央日報：「造勢總動員」、中國時報：「票房總動員」，大成報：「胃口總動員」，民生報：「抵臺總動員」。

2.運用電影名做各種標題。

以八十六年春節檔為例，幾乎所有片名都出現在各種標題中，蔚為奇觀。尤其是席維斯史特龍的「十萬火急」，在一個月內，大量湧現，略舉數例，以誌盛況！中時晚報（八六、二、二，三版頭條）：「十萬火急　六九歲老翁跳入水塔逃生」，指的是晴光市場大火。大成報：「星星生子　十萬火急」，指最近影星都早產。中時晚報（八六、二、一五）：「叩關七六〇〇　大股東十萬火急」。聯合晚報（八六、二、二六）：「十萬火急　統聯火燒車」。

最別緻俏皮的是中央日報體育版一個題：「揮別賭神，洗刷棒壇史上最大作弊戰爭惡名　管理整頓洋將　十萬火急」，將當時正在春節檔上演的三部片「賭神」、「史上最大作弊戰爭」、「十萬火急」全囊括，可博讀者會心一笑。

近來各報最罕見且突破性的作法，是用在政治新聞版。以往「片名標題」較屬輕鬆活潑，被視為不適用於政治新聞（個人仍抱持此種看法），但此一禁忌已被打破。

自立晚報甚至不只一次在一版頭條主題上用「片名標題」，舉一例：「哭泣殺神被打斷手骨頭　宋楚瑜辭不了」。

中國時報：「終極標靶　國民黨鎖定陳水扁」、「F–22戰機　閃靈殺手」、「蔣公紀念會　冷景情深」，此為「冷井情深」的諧音題。一個版面上三個這種題，烘托出一種氣氛。

影展閉幕片帥哥賣酷　小布鋒頭蓋過老布

布萊德彼特　讓東京　驚聲尖叫

中央日報

13 影視娛樂·電的世界　星期三

麗塔　致命吸引力　可麥　求婚追緝令

兩人同一天生　道格拉斯55歲生日　瓊斯30歲生日時將宣布婚期

片名標題流行又好用，是花俏標題的新寵（上：大成報 87.11.8，1 版。下：中央日報 88.8.4，18 版）

聯合報：「迫切的危機　在香港上演」。這是一個一語雙關的好題，指港龍和日航班機擦撞。事情本身是「迫切的危機」，然後再把「危機」變體，配上「上演」，相當生動。

「迫切的危機」也是各報偏好的一個「片名標題」，舉一例，民生報：「迫切的危機　小病童急待換心」。

「情色風暴」在得了奧斯卡獎後，也成了版面的常客，例如聯合晚報：「情色風暴：電視上學來的」。又見一題：「整頓治安　首重擒色風暴」，此一諧音題在此是好題，有一語雙關的趣味，「擒」字妙。

基本上，「片名標題」最適合做在社會版，其次是體育版和生活版。

中央日報社會版常用「片名標題」。例如媚登峰被人放炸彈，特稿標題是「浪漫女人香成刺激驚爆點　美容界有迫切的危機」，三個當時正上演的片名集合在一起，趣味十足，寫實逼真。

再如社會版頭條是五個少年慶生，車禍死亡，用了「青春輓歌」做主題。永康有女子飛車黨亡命與警方在高速公路狂飆，用了「末路狂花」，警方追緝槍毒犯，用了「上天入地大追緝」，另外如「惡夜追殺」、「暗巷槍聲」、「尖聲驚叫」、「午夜狂奔」等，都是好用的片名。

中國時報「甜蜜蜜　娶個大陸妹好過年」，是最不像社會版的一個標題。中國時報的片名標題常用得出人意料，例如影劇版：「奧斯卡是強力春藥」。

各報體育版也喜用「片名標題」，例中時晚報：「職棒光頭傭兵　閃靈殺手」。

中央日報體育版用的「片名標題」，相當高明。例如裕隆恐龍隊的當家中鋒班尼，滯美不歸。題曰：「班尼　逃學威龍」。時報鷹單場七全壘打破紀錄，題曰：「鷹群　火線悍將」。洪沁慧高球封后，題曰：「延長賽力退球后涂阿玉　十七歲業餘小女將奪冠　洪沁慧展千萬風情」。丘榮昌為金剛隊贏球：「丘榮昌　金剛戰士」。

生活版也是「片名標題」的大本營，但較沒有章法，茲舉兩例，中國時報：「烈火情人　快來吻出你的愛」，一個題用兩個片名，此新聞是要吻破金氏紀錄。聯合晚報：「都會男女　愛情戲一場」，又是雙片名組合標題。

甚至證券版，也常看到電影標題，茲舉一例：「看好下半年　景氣有晚春情事」。基本上，用「片名標題」儘量要選名片，為眾所廣知的電影，比較能產生效果，聯合晚報：「愛上牛郎　雲端上的情與慾」，電影就比較冷門。

用歌星的歌曲、作家的書名，來做本身新聞的標題，是值得鼓勵的，具有親切性。例如成龍新片「一個好人」上映首日，將所有票房收入捐贈慈善機構，題曰：「成龍一個好人」，豈不最為貼切？

筆者這幾年觀察坊間各報，在政治新聞最引人的標題，應是蔣緯國將軍錄音帶指經國先生非蔣公所生，自由時報題：「性、謊言、錄音帶」。

讀來最驚心動魄的是：「惡魔島　三分鐘一刑案　六小時一失身」（中時晚報）

最有趣的應是：「窗外有藍天　十一受刑人赴聯考　全都錄」（聯合晚報）

白曉燕案則是使用電影名最多的新聞，「黑色追緝令」、「緊急追緝令」、「暗夜驚魂」、

「暗夜獵殺」、「亡命大逃亡」、「亡命反擊」、「午夜狂奔」、「奪命總動員」、「綁票追緝令」、「大進擊」等等，已經浮濫，尤其「綁票追緝令」，幾乎每個報都用過。

至於電影名的「標題見報率」，第一名應是「變臉」。筆者至少見過四十個以上「變臉」標題，除了正宗方保芳命案（替陳進興逃亡變臉），各報免不了用「變臉」外，其他如：「東森與和信變臉」、「為核四預算　兩黨變臉」、「陳文茜亂開口　邱義仁變臉」、「從建築看臺北變臉」。最詭異的應是中時晚報三版頭條（八六、一一、六）：「吳：不發錢也當選　李主席當場變臉」。

要選出全國最愛用「電影標題」的媒體，聯合晚報絕對是第一名，其三、四版編輯對「電影標題」，快到癡迷的程度了！

以八十六年十一月十二日為例，三版：「小玩子變破壞王　科工館又掛了」。四版：「學者批蔡壁煌　變臉最佳男主角」。五版頭條：「北市擴大臨檢　暗夜獵殺無功」、「捍衛戰警　公家要買安全險」、「北市三把火　消警夜未眠」、「警方最怕整人專家　胡亂報案累慘大家」（一個版內用了四個電影標題，不知是否空前絕後）。六版：「漫畫看黛妃美麗與諷刺」。

再來看看八十六年十二月十五日。一版：「當老許碰到阿扁」。三版：「淘金天堂其實……冷」。四版：「南韓金融冰風暴」、「立委：政院應改名烏龍院」。五版：「陳靖怡臥室　搜出桃色機密」、「醉漢看夜景　演國道封閉？」。十九版：「電子超越顛峰」。

八十六年十二月十三日的三版總共只有六個標題，其中四個題是這樣的：「白景瑞今天不回家」、「大導演和他的情人」、「冰風暴　席捲掌聲叫聲」、「雪歌妮薇佛　最怕禮服變異形」。

這樣一個片名標題的新流行，確實值得注意留心，因以為記！

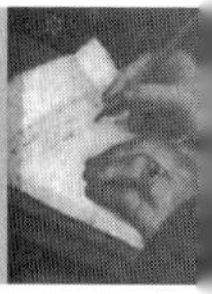

十、賣弄花俏，戒急用忍？

——流行語標題

「流行語標題」的特色在生命短暫，等到流行一過，就如明日黃花。但是當其流行時，成社會強勢語言，自有其叱咤風光。所以流行語標題有如流星，短暫卻亮麗，留給讀者驚鴻一瞥的樂趣。

例如哈佛大學教授丹尼爾高曼所著《EQ》一書成書市寵兒後，「EQ」就成當紅名詞，聯合晚報開闢了「星座與EQ」專欄；民生報也闢「EQ專欄」，女作家曹又方新作本名「愛情遊戲規則」，改名為「愛情EQ」；柏楊到師大演講，講題是「文學EQ」。事實上，社會上一片EQ聲，成當時最當紅的詞彙。

中國人一向看到好句好詞，競相引用，自古已然，舉幾個「千古名詞」。陶淵明歎觴詠自娛的「歸去來兮」，曾被多少文人引用涵詠，白居易的〈老病幽揚吟懷〉詩：「觴詠歸來賓館閉」，南宋晁補之乾脆號「歸來子」，府稱「歸去來園」。

再如《史記・商君列傳》：「千人之諾諾，不如一士之諤諤。」不也一再傳頌？甚至讀到司馬光的與王介甫書：「徒聞唯唯，不聞周舍之鄂鄂。」一直懷疑他是不是筆誤引錯了。

如果嗜讀南宋的文章，常會碰到孔子的名詞「左衽」，因為南宋被金兵所逼，有「左衽」的危機意識，胡銓的〈戊午上高宗封事〉一文，就多次引用「左衽」。

有的時候引用名句，要引用得令人拍案叫絕，例如明末名句：「大江東去，浪淘盡千古英雄，問檻外青山，山外白雲，何處是唐陵漢寢。」頭兩句毫無疑問出自蘇東坡，但是也只有這兩句，才讓後三句生動豐富了起來。

蘇軾被視為文詞最豐富的文學家，他一樣也有襲蹈前人之作。例如他的〈韓幹畫馬贊〉一文，形容馬的眼睛時，說「隅目聳耳」。事實上張衡在〈西京賦〉中形容馬眼時，就用了「隅目高眶，威攝凶虎」。

總而言之，「流行語標題」的高妙處，必須有意在言外的喜悅，讓讀者在原義的轉折處柳暗花明，也就是維持原句的意思，但在其他領域做延伸式的描繪，並能引發會心一笑。

例如晁補之將自己的文集叫《雞肋集》，此處用「雞肋」，彰顯主人的自謙，暗喻自己文章「食之無味，棄之可惜」，兩字盡得風流，惹人哈哈一笑，並不會因而看輕他，意有別指，才是上品。

在流行語運用中，因為美容界的名言，有隱喻的意涵，是好用的一種，例如其中有些媒體愛玩耍：「一手無法掌握」。舉兩個具有轉折味道的好題，一是聯合晚報：「乳癌切除　仍可媚登峰」，副題是：「以背部肌肉及皮膚填充，幾乎看不見疤」。另一是中央日報的：「林季嬋　池畔最佳女主角」。

《淡江時報》社論題為「用書塑身」，在一片塑身新聞中，別有意涵的趣味。

當然政治名言是流行語的重頭戲，政治人物不斷的創造「名言」，流行語標題就大行其道，連廣告、宣傳都很逗趣。

與宋楚瑜主席有關的名言是看過最多的，例如當年李總統送他八個字：「自由自在諸法皆空」，各媒體大作特作。喬丹退休，公牛留不住人，我做了體育版頭題：「喬丹自由自在　公牛諸法皆空」，李居明被挖角動向不明，有個題：「李居明　諸法未空；中華職棒：讓李自由自在」。甚至在晚報證券版上看到：「連連破底　諸線皆空」，這個題好，

「空」在此有一語雙關的妙味。

還有「著毋庸議」。不過此一流行語標題佳構不多，凡是計畫不通過，請辭不准，被打回票，都用此句。舉數例而言：「張子源責任　著毋庸議」、「核四廠覆議　民進黨著毋庸議」（此題好在押韻）。

在八十六年一月二十三日，中央日報做了「宋濤本土身分　著毋庸議」。同日民生報是：「本土宋濤著龍袍　著毋庸議」，兩報編輯心有靈犀。聯合報有個題：「宋回頭：著毋庸議」。此題好在用四個字，把該講的新聞重點凸顯了出來。

後來他在省長上「請辭待命」，那一陣子「請辭待命」的標題也滿天飛。

在民國八十年代，流行語出現密度排行榜第一名的是「戒急用忍」，而且佳作連連，都有引申的轉折味道，各報編輯玩得不亦樂乎，也玩出不少好題。

呂明賜連續廿一場打出安打，眼見要破路易士的廿二場紀錄，民生報：「呂明賜：戒急用忍」。

股市震盪，自立晚報：「盤整震盪　投資人戒急用忍」，聯合晚報：「等反彈　戒急用忍」。勸情人：「中秋夜人約黃昏　青少年戒急用忍」、「情人節花前月下　戒急用忍」、

「愛到最高點　戒急用忍」。

民生報醫藥版：「頻尿患者　戒急用忍」、「男女溝通戒急用忍　莫讓家庭成兩性戰場」。

用得越匪夷所思，越能有意外效果。例如對美贈金案發生時，聯合報用了「臺灣的外交政策　也該戒急用忍了」。自由時報在八十五年十月二十七日刊出許聖梅的政壇側記，標題只有一行：「李總統說話也戒急用忍」，讓人有些抓不住內容，反而想看一看說些什麼。

前述聯合報「宋回頭：著毋庸議」的同日，中央日報有個標題：「戒急用忍　社稷福祉為重」，一日同時看到宋省長的辭職新聞，在兩個報紙上用了李總統的兩句話，意思卻南轅北轍，非常有意思。

也有拆開用的，在婦女版看到這樣的題：「婚前戒急　婚後用忍」。

後來「宋七力」事件發生、各種「本尊」、「分身」、「顯相」曾經紅極一時，是流行語在八十年代的第二名。

連副總統兼任行政院長的憲政辯論，好幾家報紙用了「本尊」、「分身」做題。麥可傑克森來華，許效舜和曹蘭裝扮成麥可，中央日報與聯合報做的題幾乎完全一樣，都用了本尊和分身。

題雖然多，但佳作仍少，主因缺乏趣味性。有幾個題倒有出人意表的妙味。陳水扁患結石，聯合報「陳水扁像本尊　肚子也有舍利子」。中時晚報：「超音波技術　讓嬰兒顯相」。聯合晚報：「鋼琴師　本尊明來臺　分身揚眉影壇」。

到了民國九十年代，流行語第一名是「嘿嘿嘿」，不過有的真是荒腔走板。「嘿嘿嘿」要用在有曖昧的情況下才有味道。

聯合晚報的：「檳榔西施　嘿嘿嘿」就有點意思，因為有張大照片，這位西施穿著非常清涼。民生報：「楊紫瓊牽鍾再思　嘿嘿嘿」，中時晚報：「嘿嘿嘿　企鵝館也鬧緋聞」，這些是最標準的用法。

流行語有時可以做他解，例如「嘿嘿嘿」可以解為不好意思的傻笑，中央日報：「撞倒師父　楊清順嘿嘿嘿」。也可解為得意的笑，勁報：「七六人十連勝　嘿嘿嘿」，聯合報：「復出就打進決賽　莎莉絲也嘿嘿嘿」。

其實這幾個題並不算傑出，流行語要做他解，做得好才最逗。中央日報一個頭題：

「景氣沉淪 why why why　綠色奇蹟嘿嘿嘿」，這個題不但用了嘿嘿嘿做他解，而且是複字題及電影題，屬於多元化的題，很繁複，好壞要問讀者。

九十年代老牌的長青流行語還有一個就是「威而剛」，股市狂飆，聯合晚報一版頭題五個大字很有力：「股市　威而剛」，籃球大帝詹姆士轟天一灌，照片題：「威而剛」，還有一個題：「整頓百年老店　馬英九必須威而剛」。其實「威而剛」是很逗的一個流行語，只要是「硬起來」的事，都可用「威而剛」。

最新流行的是「罄竹難書」，很久以前曾有個題：「蔣公德政罄竹難書」，這本是笑話標題排行榜第一名（第二名是「萬安演習萬人空巷」），但自從陳總統用錯「罄竹難書」，然後教育部長強作解人後，這個題的引用度人氣直線上升。（我還沒找到「三隻小豬」的標題，若有讀者發現，請告之。）

上述所舉是大流行的名句，其實有的流行語以單兵作戰的方式，偶爾突擊出現。例如彭婉如命案後司機自清，中國時報有個題「計程車　以客為尊」。選美美女著泳裝一字排開的照片用了「高峰會」。元宵節兩個燈會，聯晚北市版頭條「昨夜燈會雙龍抱　笑容清一色」等皆是。

用名言名句，雖然講求峰迴路轉，但是千萬不能轉不回來，把名言名句的意思弄擰了，讀者完全體會不出其中的妙處，那就弄巧成拙了。

茲舉三例：中時晚報五版「**安樂死　北澳出現老三**」。不知「老三」何指？細察內文是指澳洲北部一位胃癌末期患者，是第三位安樂死的病患。接著出現「**陳健二打球　戒急用忍**」，文章中介紹陳健二是飛碟球的創始者，文中實在看不出有「戒急用忍」的意思。大成報用了「**吳奇隆肩關節愛分身**」，指脫臼，有些勉強。

所以做流行語標題，也借用了孔夫子的名句：「從心所欲而不逾矩」。

中共媒體是全世界最愛引用名言名句的媒體，而中共領導人又是世界上最會創造名言名句的人，毛澤東時代，各種運動和各種革命，創造了一堆名言名句，連鄧小平也不例外，什麼「黑貓白貓」、「宏觀調控」、「摸著石頭過河」、「硬道理、軟著陸」等等。

但是大陸媒體引用名言名句，都是宣傳式的照本宣科，生硬八股，每個字硬梆梆的毫無生氣，自然也無趣味可言。比臺灣媒體引用名言名句，活潑生動，巧思連綿，喜感十足，逸趣橫生，兩岸新聞標題在生命力和創作力的展現上，差異一目了然。

十一、意在言外，一語雙關？

一語雙關的妙處為意在言外。中國文人一向含蓄，常藉文字遊戲另有寓意，因此一語雙關的文字遊戲就層出不窮，打油詩、諷刺詩都具有一語雙關的妙處。清初一句「清風不識字，何必亂翻書」，曾引發文字獄，禍首就在一個雙關的「清」字。有一個知名的麻將對聯，用意在勸人戒賭，曰：「一掃而去八九萬，滿貫胡來白發財」，妙語雙關全在「白發財」。《蔣平仲山房隨筆》中曾記載了一個雙關語的極致作品，人送名妓韓香一聯，其中一語：「無錢請退之」，字面是「沒錢請退出去」，暗喻「沒錢請韓愈」（韓愈字退之）。金聖歎臨刑前，作個對子給兒子：「蓮子心中苦，梨兒骨頭酸」，蓮為憐，梨為離，巧妙之極。

好的一語雙關標題必須具備兩個條件：

第一、所用的成語、片語、述詞、俚語、俗話、名言等，必須恰好是新聞的重點。

第二、所引用的這些語詞中，剛好有一個字或一段話，又引申出更深的含意，並以特殊字體凸顯標示，引發讀者意在言外的聯想，忍不住會心一笑。

所以一語雙關標題，在某一個字的「妙」，引發莞爾，這是中國字最美麗的魔術，編輯巧思點字成金，只待讀者相逢一笑，整個標題都生動活潑了起來。

舉最簡單的例子，中油賠償地方款項，被里長暗中侵吞，題曰：「中飽私囊，里長伯揩油」。「揩油」符合新聞內容，「油」做變體，指揩中油的油。

同理，臺電為提昇員工素質，撥大筆經費鼓勵員工進修，題曰：「提昇素質，鼓勵員工充電」，「電」字做變體。

中央日報一版標題一向莊重，很少有花俏表演，在八十五年九月二十三日做了一個蠻俏皮的標題，可說是「歷史紀錄」，打破了一版的傳統。事情是旗津漁民用小漁船包圍中油油輪，抗議其汙染海域，中油賠償二億三千萬，漁民才結束包圍行動。題曰：「中油賠款二億三千萬　鳴金收兵」，「金」字做變體，很俏皮。

茲舉數例俏皮的一語雙關題：

1. 宜蘭痢疾桿菌傳染，造成百人腹瀉，主題曰：「桿菌入侵拉警報　疫情一瀉千里」，

「拉」和「瀉」做變體。

2.亞特蘭大經濟衰退，幸好奧運帶來許多商機。題曰：「亞城商機獲得奧援」。此處「奧援」一語雙關。

3.張菲和胡瓜新節目對打，張菲大勝。題曰：「王牌菲凡　無可瓜代」。「無可瓜代」是一語雙關的極品。

4.行政院建議縣市長薪水不再平等，是否可因所管縣民數的多寡來訂薪水。題曰：「縣市長薪水　因人而異」。「人」做變體。

5.「宋七力斂財　神通廣大」。一語雙關題大多俏皮，只有此處的「神通」是諷刺意味。

6.臺灣大聯盟首度亮相，分成紅隊和白隊對抗，結果紅隊靠全壘打攻勢擊敗白隊，題曰：「臺灣大聯盟練兵　紅不讓」，妙！（紅不讓指全壘打）

7.類似的妙題，呂明賜打破職棒連續安打場數，又以全壘打拿下勝利打點，題曰：「呂明賜　當紅不讓」。

8.陳水扁總統談結石，聯合報做了一個題：「政治人物會議多　解放不得」。「解放」

做變體。

9.聯合報體育版有個好題，NBA魔術隊大勝，只做了三個字標題：「魔術靈」。

目前各報都喜做一語雙關題，而且有些逐漸定型，例如統一獅拿了總冠軍，好幾家媒體都用了「職棒七年　統一天下」。雙打拿金牌，大家都喜用「黃金拍檔」。

但是有時用的不當，會有畫蛇添足之感，舉一例，李總統贈勳給彰化基督教醫院的蘭大弼醫師，中時晚報在一版用了「贈勳　不見外」，「外」做變體，此處的一語雙關並不佳，因為「外」並非新聞主體，也不莊重。第二天聯合報也做了個類似題：「老外不見外　奉獻在臺灣」。

雙關語要含蓄不露，才能「語盡意長」，但所指涉的用詞，也應注意「含蓄」的拿捏。

舉一例而言，有三高中拒絕做完全中學，眉題曰：「旁邊有國中　當完全中學太浪費」。主題：「三高中擬做純的」。

此題花俏和巧思十足，引人莞爾，但未注意「題性」，文教和高中的新聞，並不宜用「做純的」來凸顯。

同理，文教版有一條新聞，指露天音樂會最佳地點在校園，文中列舉校園諸多優點，本擬做題：「校園音樂會　有露的條件」，「露」做變體，掙扎考慮再三，決定放棄這個題，因為是文教版。

從所舉的例子可見，好的一語雙關題，雙關語的本身是新聞重點，暗喻的意思更是重點中的焦點。

舉例而言，在聯合報和中國時報同時看到一個題都用了「夠水準」三個字，字義上表示這名選手表現不錯。但是雙關的那一個字，聯合報是用「水」，代表游泳夠水準；中國時報是用「準」，代表射擊夠水準，同一字眼不同涵義，中國文字千變萬化！

同理，曾經同時在中時晚報和自立早報區運版看到「一馬當先」標題，但是中時晚報是指馬拉松，自立早報是暗喻馬術。

各報編輯也許互不相識，卻彷彿在版面上如老友般相契，有次游泳賽選手打「破」全國紀錄，就有四家報紙不約而同的用了「破浪」來代表游泳破紀錄。

賣弄「舉」「馬」各報不約而同。

在體育新聞中，雙關語排行榜，榜首是一個「舉」字，榜眼是「馬」字。

陳淑枝舉重超世界，各報都是頭條，聯合報用「傲世一舉」、中央日報是「舉世無雙」、自立早報為「世界壯舉」。

蔡惠婉舉破全國，郭品君也破全國，自由時報和聯合報都用了「舉國歡騰」，兩報編輯心有靈犀。

陳瑞蓮破紀錄更可觀，中時晚報「舉重若輕」、自由時報「輕而易舉」、自立早報「驚人之舉」、中國時報「創舉」、中央日報以及臺灣日報「壯舉」。全在賣弄一個雙關的「舉」字。

「舉」字容易理解，到「馬」字就多采多姿了。全國運動會中，自由時報題為「馬不停蹄　北市拚衛冕」，指馬術。隔天，自由時報「馬失前蹄　北市連霸夢碎」，還是馬術。再隔一天，自立早報「屏縣一馬當先」，還是指馬術，但是同天的中國時報「官原順范玉貞一馬當先」，反而是指馬拉松。

最有趣的是自立早報用了「馬一節」，指馬拉松金牌官原順接受太太按摩，很逗！中央日報是「官原順，范玉貞　馬到成功」。

五金盛行顯示異曲同工。

我曾做過一個題：「王惠珍拿到退休金」，此題一語三關，點出王惠珍退休，拿金牌，以及北縣將頒鉅額獎金。

林季嬋游泳拿五面金牌，民生報的「林季嬋五金店開張」，臺灣日報的「娃娃魚林季嬋開五金行」，也有異曲同工之妙，也是好題。

看過最匪夷所思的「另類」標題，是全國運動會抗議裁判不公，自由時報的「都說裁判不公　下次找母的」，用不「公」引喻成男性性別，讀來荒誕卻達到「笑」果。

既然稱為「一語雙關」，因此另外一層意思要明確，不能讓讀者想太多，更不能讓讀者根本不知你在「雙關」。舉例而言：

前大陸自由車好手趙燚嫁到臺灣，首度參加全國運動會，這是聯合報的獨家，所以賣力的連刊兩天。登趙燚騎車的照片，題曰：「換跑道」，隔天登趙燚與我國好手楊秀珍握手的照片，題曰：「交手！」都有雙重意思。我覺得「換跑道」蠻有新意的，但是讀者不一定想得到是指大陸新娘參賽。

有一次自由車女選手楊秀珍服裝不整被罰，中國時報做了「楊秀珍不服氣」，「服」字變體。第二天大會針對楊秀珍事件做了處罰，中國時報還是玩了一個題：「車協指判決開倒車」，喻自由車。這個「服」不易想，「車」太平凡。

再來是要有「笑」果。

一語雙關在幽人一默，有時惹人發噱，才達到目的，例如有個號稱「龍抬頭」的壯陽偽藥被查獲，而且證明根本沒壯陽效果，聯合報做了一個題：「偽藥龍抬頭 低頭」，這個「低頭」一方面表示俯首認罪，另一方面表示無壯陽效果，有趣。

一語雙關讓編輯在版面上抬頭。

十二、走在狂亂與暗喻的鋼索

——鹹濕性標題

對於部分學院派的學者而言，對這一章可能非常反感，認為這是標題製作的邪魔外道，但是擺在二十一世紀，離開道學的視野，換個以讀者的角度來看，這種離經叛道的標題，是新興的寵兒，只要讀者喜歡，就會在未來成為標題的巨人。

而且在未來，不只是標題而已，筆者預估將來的廣告、宣傳、公關等都要懂這種「鹹濕性」作法，會越來越紅，現在的孩子是「只要我喜歡有什麼不可以」的族群，加上受到的禮教制約較少，因此將來想從事相關的行業，這一章必讀。

以前在歌曲中如果用個「屌」字，那一定會被批評到臭頭，現在根本習以為常，如果你大驚小怪，一定會被罵LKK，比「屌」字更不堪的字一定會大量的出現，無論喜不喜歡，這是一個趨勢，無可抵擋。

舉例而言，金城武會影迷簽名，有個影迷太興奮了，不小心打翻了桌上的茶杯，做兩個標題，你覺得年輕人喜歡看那個？

1. 金城武簽名會　女影迷打翻水
2. 女影迷high翻天　讓金城武下面濕了

我承認這種標題值得討論，但是本書的目的，是介紹當前流行的手法，並教導如何去下標，道學的問題暫不討論。

這種標題蘋果日報最厲害，也是該報吸引年輕人的武器之一。

來看看蘋果日報九十五年八月二十三日二版頭條：「言承旭洗肌　收視勃起」。此處的「肌」還用了變體字，這種標題，所有教科書上找不到吧，完全的顛覆。

旁邊還有個標題：「張天霖解放屁股蛋　夾緊命根防走光」。

再翻一頁是：「瑛太熬出頭　一砲接一砲」，以前標題儘量不用「床戲」兩字，現在也不用，乾脆用「砲」。

娛樂名人

Jay入圍5大獎：超屌

華語榜中榜 Jolin笑傲女歌手

類似「屌」字的用語上標題，無論你喜不喜歡，但這種趨勢無可抵擋（蘋果日報 2004.11.26，19 版）

再翻一頁是：「碧昂絲馴獸　鱷魚失禁」。

再翻C一四頭條：「陳奕泳池發情　搞濕辣妹」。然後背面是：「宣宣自摸　捏腫海咪咪」、「楊丞琳拉老娘陪吃回頭草」。

不必驚訝，這種已成常態，而且各報也在跟進中，連一向中規中矩的聯合報都不能不淌這個渾水，與一例（九五、八、二二）標題是：「女議員想抱抱　朝青龍不舉」，「不舉」還括弧起來。其實只是橫綱相撲選手朝青龍訪北市議會，大家起哄要他抱一下女議員王欣儀，被朝青龍婉拒，就可以做出這樣無限想像的標題。

我認為此類標題有六大注意事項：

第一、要戲而不淫，尤忌下流，用字遣詞還是要有水準，像「一砲接一砲」就不妥。

第二、影射不能傷人名譽，尤其是女性，一定不能過於玩笑，不能失手。

第三、留想像空間給讀者，不要一語道盡，文字遊戲就是要留些餘地給讀者。

第四、要有一點風趣與幽默，這種標題的基本目的，就是要帶給讀者會心一笑，笑不起來就是失敗的作品。

第五、要注意當事人的形象，如果當事人形象正派，為人正直，千萬不要用這種標

女議員想「抱抱」朝青龍「不舉」

拜會馬英九 粉絲滿場 為保留體力 婉拒舉起王欣儀

⇧（聯合報 95.8.21，C1 版）

C2 二〇〇六年八月二十三日 星期三 農曆丙戌年七月三十日

蘋果日報

言承旭洗肌收視勃起

張天霖解放屁股蛋 夾緊命根防走光

⇦（蘋果日報 2006.8.23，20 版）

瑪丹娜 有了大老二

小寶寶早產 提前獲得‘生’日禮物

⇧（民生報 89.8.13，C1 版）

電視劇處女秀

阿杜的第一次 比戴君竹多2倍

⇧（自由時報 2007.3.15，22 版）

鹹濕性標題已成常態，各報都在跟進

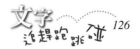

題玩耍。

第六、不要全版都玩，全版都是這種標題，會有低俗的感覺，而且太花俏。做出一兩個令人會心的標題，就成功了。

那麼要如何做這樣的標題、廣告、宣傳呢？基本的手法有三種：

一、形象的聯想：最標準的例如香腸、香蕉、水蜜桃、各種球、粒、葡萄等等。利用形象上的相似，來做曖昧的想像，引人遐想。

舉幾個實例：「方岑吞香腸　解空虛」、這種是標準的想像，用吞香腸來解空虛。

再如：「李嘉抖2粒　勾雙B小開」，這個粒可不是丁肇中的粒子，尤其是新聞中的最後一段是：「但阿霞記得李嘉有不少老外男友，前不久被媒體偷拍過。唉！這也難怪！每天吃漢堡也有吃膩的一天，偶爾換換口味吃根香蕉也不錯！」（蘋果日報九六、三、五）

二、意義的聯想：所謂意義的聯想，就是在意義上給予情色的感受，最標準的例如硬、濕、挺、凸、軟。

也舉幾個實例：「何潤東自豪大鵰俠　火辣賣內褲怕雞凸」，賣點在「凸」字。

「王宇婕頂關德輝　下盤軟」，重點在個「軟」字。

三、位置的聯想：最標準的例如上下其手、左右逢源、尤其是「下面」這個位置最好利用。

有一個題是這樣的：「某某某愛吃她的『下麵』」，事實上只是這位男星讚揚這位女星牛肉麵做得好，很簡單的一條新聞，做了這樣的標題，竟然有了頭條的價值。

再舉一例：「TANK停機六〇〇天　兔女郎頂胯下」，這個題全在一個「下」字。

筆者多年來一直在華梵大學開有「傳播倫理」課程，在文化大學開有「傳播專題研究課程」，當然知道這類標題一定被傳統學者視為離經叛道，但既然是從事標題與廣告的專業書籍，就不能故意遺漏這一章，這一章未來在廣告、宣傳、公關都會慢慢的熱起來，這是趨勢，勢不可擋。

十三、最年輕的文字

——注音符號、英文、火星文

因為網路的盛行，年輕人藉著網路溝通，新的文字逐漸建立，其中最受歡迎的當屬注音符號、英文、火星文。

所以這種新興的文字開始當紅，所有的文字都不能忽略於此，不僅在標題上已經有大量出現的趨勢，而且在各種以年輕人為訴求的廣告、宣傳等，也都開始在這方面絞盡腦汁，希望借由推陳出新，達到引人注目的效果。

這類文字有四大型態，其實與我們前面幾章講的大同小異：

第一是諧音，這是新興文字的大本營，例如英英美代子，就是閒閒沒代誌。所有的數字與英文都是以此為主，例如1314代表「一生一世」、SYY代表爽歪歪。

第二是象形，最妙的是考試拿大丙是「手提箱」。

第三是從歪的想，例如蛋白質是「笨蛋白癡神經質」。

第四是有繞個大彎的轉折樂趣，例如泥巴是「媽的」，因為泥巴的英文是 muddy。送你 HANG TEN 就是踹你兩腳，因為 HANG TEN 的 logo 是兩個腳丫子。

當然也有雙重結合的，例如 770、880 代表親親你、抱抱你，這是諧音，但年輕人認為也有象形的意味。

所有這些文字的運用有一個最最重要的原則，就是讓人看得懂，也就是明白你的讀者在那裡。

標題的功能與作用在傳遞訊息，做為讀者的索引與摘要，如果標題做得讓人看不懂，就完全失去了標題的價值與意義。同理，廣告與宣傳不也要讓人看得懂，才具有宣傳上的功能。

(一)注音符號

最近臺北縣ㄉ某國中一年級自然科試卷ㄋ，竟然考ㄋ注音符號ㄉ短文，這種現象ㄛ，雖然令有些人憂心，但是ㄇ，在網路上已經形成ㄋ氣候，一ㄍ新的書寫方式必須面對，不容迴避。

如果上述的文字，你讀起來很吃力，那一定會被七、八年級生笑（ㄏㄏㄏ），這種書寫已經形成網路文化的重要符號，幾乎席捲網路，成為標準用字，不能再以一個特別的單一現象視之。

注音文目前幾乎已經形成規範化書寫，包括ㄉ是「的」或「得」、ㄚ是「啊」或是「阿」、ㄌ是「了」或是「啦」、ㄇ是「嗎」或是「嘛」、ㄋ是「呢」、ㄛ是「哦」或「喔」、ㄟ是「喂」、ㄍ是「個」、ㄏ是「哈」或是「呵」。

這種新文體已成新世代的共同語言，形成網路文化約定成俗的新名詞，絕不能再以小眾文化等閒視之。目前因為網路輸入的便利性，所以還局限於網路書寫，尚沒入侵紙筆書寫的領域。但是當國中考卷開始出現這種試題，一定會有老師標新立異的跟進，是否會有一窩蜂的情形？需進一步觀察，也蠻令人憂心。

如果學生們ㄉ作文ㄉ，都是用這種方式書寫，ㄟㄟ，你看得懂ㄇ，這種文章流傳後世，ㄏㄏㄏ，才真是「古文觀止」ㄚ。

注音符號中被用得最多的是ㄅㄧㄤˋ，例如民生報（八八、七、二九，三版）頭條：「麥奎爾還是最ㄅㄧㄤˋ」。

第二名應該是ㄏㄞˋ。聯合報（八八、八、二）：「讓世界ㄏㄞˋ一下」。

第三名是ㄍㄧㄥ。一向不做注音符號題的中央日報也表現了一下：「周杰倫太ㄍㄧㄥ侯佩岑ㄍㄧㄥ不住了」，指的是金馬獎頒獎兩人的眉來眼去。

第四名是ㄟ。中時晚報（八八、七、二二，十一版）：「暑假到，少年ㄟ愛變臉」。聯合報（九五、一二、四，十三版）：「平平被併購哪ㄟ他賺最多」。

第五名是ㄏㄚˋ跟ㄋㄠˇ。例如聯合報（八九、一二、四，三十八版）頭條：「不ㄏㄚˋ燃燒自己　也不ㄋㄠˇ照亮別人」，一口氣用了這兩個注音符號在裡面。聯合報這個版的編輯很愛用這兩個符號，如：「時尚廣告畫中有話你ㄋㄠˇ嗎？」（八八、八、三〇）

使用注音符號有兩個重要的原則：

第一個是讓人看得懂，看不懂有什麼意思？

看得懂又分兩種，一種是不懂這個符號的意思。例如現在很愛用ㄘㄟˋ，聯合報（九四、一一、二）影劇頭條：「小雪、坂口真ㄘㄟˋ了」。中時晚報：「寇乃馨　常立欣ㄘㄟˋ了」。聯合報：「黃子佼　吳宗憲快ㄘㄟˋ了」。這麼愛用，但很多人（尤其是老年人）不知何意。

小雪、坂口 真ㄘㄟˋ了
忙到沒時間相處 男方坦承七月分手 女方笑說「我們是好朋友…」
ㄐㄧㄢˋ人就愛ㄐㄧ！
他們動了心 愛情沒有道理 歌迷傷了心 網上破口大罵 公司傷腦筋 形象如何補救
謝霆鋒ㄙㄨㄥˊ就有利
唱歌…絕對「芭樂」，想拜伍佰為師 演戲…保證「古」意，武生扮相出招

注音符號的標題如果讓人看不懂，就失去意義

大眾傳播媒體面對的是大眾，如果標題讓讀者看不懂，就失去標題存在的意義。如果是大學的校刊，我贊成這樣的標題，因為面對的讀者明白這是什麼意思，而且用彼此特殊而共通的語言，反而有親切感。

另一種是完全不明其意，這是玩過頭了。舉一個例子，先不要看答案，將自己當做讀者，看看你知不知道這個題什麼意思：「ㄐㄧㄢˋ人就愛ㄐㄧ！」如果猜不出來，再用副題提示：「他們動了心　愛情沒道理　歌迷傷了心　網上破口大罵　公司傷腦筋　形象如何補救」，看過

父親節快到了，今年你準備和親愛的爸爸怎麼過父親節？
給父親什麼禮物？
謝霆鋒沒空選禮物，但是，父親節當天，他要打話向父親撒嬌。
陶喆讓父親陶大偉天天過父親，十分體貼。
黎明柔今年特地送給親黎爸意來來「娛樂」錄影帶，讓父親享自己主持的目。
李文媛送給父親一幅「男的畫像」，他親戚命成而數。

88巴結

我的禮物不是最ㄅㄤˋ、但是最棒

藝人貼心討歡心 星爸開心又窩心

女人話題

34→32 男人不哭

舒淇ㄋㄟㄋㄟ縮水嘍！

記者 吳玉愛／專訪

★舒淇的胸部變小了！本報記者與舒淇閒聊，聊出「新發現」，舒淇竟親口說她的胸部變小了。

出道三年，性感幾乎和舒淇劃上等號，這位道道地地的台灣辣妹，席捲香江桃色新聞，刷新港台不少性感紀錄。現在她無意中透露尺碼縮水，此話一出，恐怕有很多男人要傷心至極。

猜猜看，舒淇的ㄋㄟㄋㄟ為何變小？是隆乳出了問題？錯了！是她以前謊報上圍？也錯！還是最近選錯內衣？還是錯！正確的答案是最近舒淇剛度玩假，曬黑、變瘦，而且瘦得相當均勻，竟然連上圍也減了兩碼。相對的，舒淇體重一旦回升，就有本事再豐滿回來。

意外發現舒淇的新秘密，緣於記者想為星報讀者「解構」舒淇，

輕鬆新聞適合用注音符號題，能令人會心一笑

主題與副題，你知道是什麼嗎？

這是民生報影劇版的一個頭題，講得是鄭伊健與梁詠琪，你猜得出來嗎？

第二是要有趣味。已經停刊的勁報是全國最愛用注音符號的，但過於刻意，感不到趣味，例如八十八年八月十日八版頭題：「我就是你們說的ㄌㄧㄡˊㄇㄤˊ怪手啦」，這裡用注音實在看不出有趣在那裡？民生報一個頭題：「謝霆鋒ㄙㄨㄥˊ就有利」，也不

知好在那裡？

看一個星報一版頭題：「舒淇ㄋㄟㄋㄟ縮水嘍！」我覺得這個題比直接做「舒淇胸部變小了」好很多，注音符號用在這裡就顯出趣味。再來看一個民生報在父親節所做的二版頭題：「88巴結ㄅㄚˇㄅㄚˊ　我的禮物不是最ㄅㄧㄤˋ　但是最棒」。用88諧音著ㄅㄚˇㄅㄚˊ，也會心一笑。

有沒有發覺到一個現象？就是舉例的注音符號大多數都是影劇新聞，所以輕鬆的新聞用注音符號無妨，但嚴肅的新聞就要慎重，不要輕易發「音」。

(二)英文

英文在年輕人之間已經成為一種暗號，像是以前幫會的切口，舉例如下：

AKS：會氣死、BMW：長舌婦、BPP：白泡泡、CBA：酷斃了、CKK：死翹翹、FDD：肥嘟嘟、IBM：國際大嘴巴、LKK：老叩叩、LM：辣妹、LOA：老芋仔、LPT：路邊攤、MGG：醜斃了、OBS：歐巴桑、OGS：歐吉桑、PDG：皮在癢、PMP：拍馬屁、SDD：水噹噹、SPP：俗斃斃、SYY：爽歪歪、TMD：他媽的、UK：幼齒。

這些已經成為共通的語言，所以要對年輕人講話就要用他們的語言，比較能引起共鳴，但是大眾媒體是對大眾發聲，所以還是有不適合的地方。

英文的使用一般有四種型態：

第一種是原文原義，例如使用最泛濫的high，這個字有陣子用到爛，現在還是常用。

第二種是象形，我看過最好的是聯合報，內容是高美大橋因為豪雨，有段橋面下陷，標題是：「高美大橋又Ｖ了」，這個Ｖ字用得絕妙，整個形象躍然紙上。

第三種是假借，主要是諧音，例如：「柏原崇登臺緊張ＣＣ」，內文是柏原崇開演唱會，後臺一定要有半打礦泉水、半打無糖烏龍茶，必須借不斷喝水消除緊張。所以這個「緊張ＣＣ」還蠻傳神的。

第四種是音譯，本來年輕人玩的英文都是音譯，借同音取得某種樂趣，但這種最易看不懂，舉一例：「高球場上　柯林頓很少模利根」，這個題看得懂嗎？有多少人知道什麼是「模利根」？英文能力甚佳的讀者可能都不能理解，這是打高爾夫球開球不好可以重打一桿的意思，民生報這個題（八九、一二、一），就絕對是失手之作，引以為戒。

所以用英文還是要小心，現在廣告與宣傳用英文已經漸成風潮，但標題還是要慎重。

㈢火星文

因為大學學測國文科考了火星文，引發討論，火星成了燎原之勢。這題是這樣的：非選擇第一題是語法修正，要挑出使用不當的俗語、口語、外來語或是犯了語法上的錯誤，試題中提到：「衛生股長漲紅著臉幾乎快 ::>_<:: 了……他一定 3Q 得 Orz ……班上的蒸飯箱莫名其妙又壞了，害得全班只好吃冷便當。偶氣ㄉ要死，媽媽昨天為我準備的便當，本來粉不錯吃滴……」題型很新穎，考生也覺得很有趣，看到試題都會心一笑，而試題也有解釋 3Q 就是 thank you，Orz 就是跪拜在地之狀。

名作家黃碧端女士認為這個範例舉得實在太不好了。Orz 是一個很巧妙的「象形字」，用三個字母構成像一個人匍匐在地的形狀。3Q 得 Orz，翻成「感謝得要磕頭」或「感謝得匍匐在地」都可以，就是不能「感謝得五體投地」，因為「五體投地」典出古印度最恭敬的致敬儀式，指雙膝雙肘及頭五處著地，只能形容「欽佩」，不能形容「感謝」。

高雄有一所國中曾用半年時間完成一個調查，發現國小高年級到國中，是學生最熱中「火星文」的階段，到高中就逐漸降溫了。而諷刺的是，大學學測卻在他們已經開始「降溫」時去考他們，等於強迫他們「重施故技」，甚至把「火星文」當考前聖經讀。

所以火星文有特殊的讀者群，是他們共用的語言，目前在臺灣火星文的標題還很罕見，我曾看過最多的是數字，其他很別緻而特殊的則罕見，但是未來這些新興人類當家作主之後，火星文會冒出頭來的，而一定會是先從學校的海報開始，然後到社會的廣告、宣傳、競選文宣，最後上了標題，等著看吧！

（數字的火星文摘要於後：

520、530：我愛你、我想你。

438：死三八。

584：我發誓。

56：無聊。

1314：一生一世。

184：一輩子。

770、880：親親你、抱抱你。

286：反應慢、落伍了。
469：死老猴。
2266：零零落落。
123：木頭人。
729：不來電。）

十四、新聞寫作與標題的西化問題

史學大家余英時先生接受聯副訪問，指出他最不喜歡虛字太多的寫讀。虛字太多的囉嗦，是當前中文西化嚴重弊病之一。國內新聞界在新聞寫作和標題製作上，也存在嚴重的西化傾向。西化的最大問題在不夠「簡潔」，用在新聞寫作已經讓人不耐，用在標題尤顯詞贅拗口。

余光中先生對中文西化現象不斷的疾呼，從早期《掌上雨》中一篇〈古董店與委託行之間〉揭開序幕，後來在《青青邊愁》、《望鄉的牧神》、《分水嶺上》、《記憶像鐵軌一樣長》、《從徐霞客到梵谷》各書中，都有挽救中文抨擊西化的痛心。他呼籲回歸中文句式靈活、聲調鏗鏘的常態，尤重措詞簡潔。

措詞簡潔絕非易事，《文心雕龍》說：「文雖雜而有質，色雖糅而有本。」此處的「文」指的是花紋，是說文雖然雜亂卻有一個固定的質地，顏色雖然很雜亂卻有一個根本。那麼什麼是中文的質地根本呢？鄭騫先生認為是「不用雕琢，不用修飾」。

現在的許多新聞寫作和標題製作，就在於太過雕琢，太多修飾，在西化的虛字、倒裝句、介詞、動詞、數詞、語態所構成的迷魂陣中，失去了方向。

「簡潔」何其不易！例如大家說治安、山坡地保護「有很多問題存在」，何不簡單說「問題很多」？林春生案有警員「殉職死亡」，其實「殉職」就行了。再如：

「邀集具黨代表身分者舉行座談」——「邀集黨代表座談」。

「一定會將黨代表們的意見收集反映給中央」——「將黨代表意見反映中央」。

「我有加盟OELD的構想，但尚未正式提出申請」——「欲加盟OELD，我尚未申請」。

「四年達成技職教育全面升級的計畫目標」——「技職教育四年內全面升級」。

簡單歸納現階段的問題，可以從幾個面向來探討。

㈠避免濫用虛字，尤其是「的」字。

前所引例句，明顯可見將句中「的」字全部省略，反讓句子乾淨有力。

某報做了一個大標題：「修憲的成功有賴李總統的主導」，用了兩個「的」字是罕見的作法。又如一個題：「雛妓的救援　刻不容緩」，為何不用「救援雛妓」？同理，「本土教材的推行」，為何不用「推行本土教材」？

中國時報二版頭題：「吳伯雄：十五全不是連宋對抗的指標戰場」，副題：「對宋拒絕參與黨的活動相當憂心，指國民黨沒有分裂的本錢」。二版二題：「新憲賴成熟的政治智慧支撐」，二個標題擺在一起，用了四個「的」字，讀起來有啄木鳥的味道。

當然也不是所有的虛字皆不能用，例如聯合報一個題：「查理的情人　卡蜜拉慶生」，此處「的」就不能省略。

我鄭重推薦大家去看余光中教授所寫的〈論的的不休〉，此篇文章是他參加中文大學舉辦的「翻譯學術會議」的主題演說，全文粗估超過五千字，只是一個小小「的」字，可以寫出五千字以上的長篇大論，真不能小覷了這個「的」，余教授在開章明義就指出：「我甚至認為，少用的字，是一位作家得救的起點。」哇，這麼嚴重，所以：「時到今日，不但一般學生，就連某些知名學者，對這無孔不入的小小的字，也無法擺脫。」

余老師特別舉了老舍在《駱駝祥子》，與徐志摩在《我所知道的康橋》的兩段話，老舍的一段中平均六個半字就有一個「的」字，徐志摩更是每四個半字就有一個「的」字，所以他認為「的的不休」快成了「喋喋不休」了。

（這篇長文收錄在九歌出版的《藍墨水的下游》一書，第六十九頁起。至於所舉的徐志摩例子，余老師特別聲明，倒不能以「的的不休」病之。）

㈡動詞的省略。

在傳統編輯學中，強調標題一定要有動詞，其實有時將標題中的動詞省略，反更顯簡潔有力。唐詩宋詞為達到簡潔的效果就常省略動詞，「雨中黃樹葉，燈下白頭人」，沒有動詞卻無礙生動。

「橫貫公路的坍方　造成一死兩傷」。此處「的」和動詞「造成」皆可省略——「橫貫公路坍方　一死兩傷」。

中央日報四版「海龍精英　兩棲魔鬼勁旅」、十七版「魏筠潔　全球最高桿」、「世青少年高球賽　中華女將個人團體雙冠」，都沒有動詞，將慣用的「獲得」、「勇奪」省略後，無損文意，更顯緊湊。

我們看個題，中國時報一版頭題：「政院展開凍省　宋楚瑜拒參與」，此處動詞「展開」就可考慮省略。

前舉的「有很多問題存在」，將「存在」省去，變成「問題很多」，豈不更自然？

當然有動詞還是常態，省略動詞是變異，但是有些動詞省略，確實讓標題更井然。

㈢**數詞省略**。

數詞主詞力求省略。

數詞的浮濫是讓當前新聞寫作和標題製作累贅走向的主因之一。茲舉兩標題：「一架國華班機馬祖失事」、「自小客與廂型車　兩車猛烈對撞」，此處的「一架」和「兩車」應省。「國華班機馬祖失事」更有力，不會有讀者誤以為好多架失事。

就好像「臨風聽暮蟬」，不會有人煞風景去計較到底有幾隻蟬在叫。

數詞的留捨之間有很大的空間，有時反而借數詞變化出趣味，例如我做的一個題：「法人三心二意　散戶四分五裂　指數七零八落」。

(四)主詞的省略。

省略主詞其實是中國古典文學中的慣用手法，余光中先生曾在《分水嶺上》一書中將賈島的五絕：「松下問童子，言師採藥去，只在此山中，雲深不知處」，全重新冠上主詞成：「我來松下問童子，童子言師採藥去，師行只在此山中，雲深童子不知處」。

兩詩一比，省略主詞的渾成，一目瞭然。

余光中先生另在《望鄉的牧神》一書中，也提出李白的〈玉階怨〉：「玉階生白露，夜久侵羅襪，卻下水精簾，玲瓏望秋月」，此詩完全沒有主詞，那個人一直沒有露面，卻無所不在，若加上主詞，將不忍卒讀。

省略主詞是邁向精緻化的重要一步。在大事件大新聞的標題製作上，尤顯重要。例如林肯大郡事件，陳進興事件，在頭題上絕無法省略主詞，但在其他次要相關新聞標題上，如何避免同一主詞一再重複，是一項學問。

八十四年五月二十日李總統就職，隔天的中央日報二版，大樣出來時，總編輯魏瀚驚覺全版十一個標題，每個題都有「李總統」。無獨有偶，第二天打開中國時報一看，二版每個題也都有「李總統」，可見主詞省略實非易事。

在新聞寫作上，尤應注意主詞省略問題，茲附一新聞稿說明，其中主詞「CD」就太多，可大量省略，甚至第三、四、五段的CD可以全部省略。

CD唱片　跳槽挖角　大作戰

交換買賣CD　為愛好音樂者省下龐大開支

塵封已久又過時的CD，擺著覺得佔空間，扔掉又覺得可惜，於是二手CD唱片行，採用CD交換的方式，解決這樣的困擾，重新賦予了CD新的生命，讓喜愛音樂的人，多一項選擇的管道，也節省荷包開銷。

CD交換的方式，先由老闆評估顧客帶來CD的價格，顧客再補足已挑選好的架上CD和自己CD間的差額就行了。其實架上的CD就是二手CD，收購是來自顧客，與商家彼此之間循環著交換。

有些交換店有規定，交換的兩張CD必須是同等類別，例如國語CD只能交換國語

CD。有些店則沒有限定。另外，一些低價特賣、盜版的CD，則不在交換之列。

位於重慶南路二段的「38°C唱片行」，主要是CD交換的買賣。交換的CD類別包括國臺語、西洋熱門專輯和古典音樂。老闆蔡淑惠表示，她是依據顧客保養CD的程度來估價，若有輕微的毀損，將會降低評估的價格；若損傷太嚴重，則會影響聽的品質，她將不會接受。

如果沒有多餘的CD可以交換，或只買得起二手CD的同學，位於重慶南路一段的「啟元唱片行」，則是另一個選擇的空間。

「啟元」除了能夠交換CD外，還可購買二手CD，甚至還買得到時下流行榜上的二手CD。

「啟元」CD交換的原則有兩種，交換區和非交換區。只有交換區的CD才能進行交換程序。

交換區：

1. 先到櫃臺進行估價。
2. 交換種類以古典音樂、國語、西洋三類為主。

3. 估價在七十元以上，才能進行交換。
4. 價格可以多換少，難以少換多，並且必須補足差額。

非交換區：
依每張CD上的標價給付。

「啟元」老闆表示，顧客拿來的CD，依品質好壞及熱門程度為評估的標準，大部分估價在四十～一百二十元左右，七十元以上才能交換；補足的金額大約一百～一百五十元，若有瑕疵可以拿回店內換。

㈤倒裝宜善加運用。

倒裝，這是目前製作標題極受歡迎的新寵。

倒裝的目的在於反覆無礙文意，而把辭的次序安置在最大的張力。就是藉次序的顛倒，凸顯某一辭意。

經濟日報是最喜作倒裝標題的媒體，例如：「融資券減成　股市今起實施」、「評估合併　泛亞小組進駐高雄十信」、「爆量漲停　三商銀揚眉吐氣」。

薩爾瓦多發表聲明歡迎李總統往訪，標準題是「薩國歡迎李總統往訪」，中央日報倒裝為「李總統往訪　薩國歡迎」，要將李總統刻意放在前面。

蕭萬長風光返鄉，聯合報倒裝為「蕭萬長返鄉　風光」，在凸顯「風光」。

可見「辭」的位置，無論交錯或倒裝，都可架構成一種閱讀情境，中央日報一版標題：「國內航線取消今日班機」，抑或「國內航線今日班機取消」，筆者和代總編輯姜雲龍兄兩人斟酌了半天。

但是倒裝最怕的就是「後語對不上前言」，因果互轉主客互易之間，讓讀者一頭霧水。茲舉一例，大成報八十六年七月二十七日十版頭題：「島田陽子索賠一億日幣　媒體報導借錢不還」。

倒裝易工難佳，杜甫的「夷歌數處起漁樵」，余光中先生謂讀千遍也不厭，若理順為「漁樵數處起夷歌」，念到第二遍就索然了。

除了以上五端之外，新聞寫作和標題製作受西化影響的仍很多，例如介詞的氾濫，到處可見關於、由於、使得、就是。又如主動與被動混淆，中文對語態一向不講究，彈性十足，但是語態的變化，仍有引導閱讀的巧妙。茲舉一例：

美國共和黨總統候選人杜爾訪華，三報的一版標題：中央日報「杜爾訪華　李總統今接見」，聯合報「杜爾訪華　今晉見李總統」，中國時報「杜爾訪華　將拜會李總統」，主受詞的變化，有很深的意涵。

解嚴二十年，是新聞寫作和標題製作最生動多姿的二十年，新聞工作者「縱之斂之，吞之吐之，反覆迴旋」，樂在其中。而西化的走向也相當明顯，如何在西化潮流中掌握中文基本語法的主軸，應是「簡潔」兩字而已，楊子先生曾說：「最耐久的散文，都是用簡單句語寫的。」新聞寫作與標題製作，亦當如是觀。

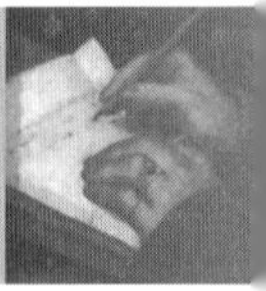

十五、新聞寫作與標題本土化的變與常

使用豐富多樣的本土語言，產生花俏活潑的閱讀情境，是新聞寫作與標題製作的新生事務，正在版面上萌芽。值此初萌之際，如何讓新聞寫作與本土語言的結合，是一種由俗而雅的進程，而非由雅趨俗的倒退，就值得我們深思。

本土語言逐漸在新聞寫作中嶄露頭角，最大的優勢在「親切」，用貼近的言語之姿打動人心，尤其是巷弄口傳的俚語，往往更能詮釋所要傳達的意思。例如李總統說「吃果子拜樹頭」。宋楚瑜的「霧煞煞」，市井相傳。國民黨前組工會主任陳瓊讚上任是「一事通，萬理順」。臺北市聖誕晚會名為「大家一起來起笑」！

地方選舉文宣和口號，大量使用本土語言和俚語，其目的就在貼近選民，營造親切形象。以前一直是「懇請惠賜一票」，現在變成「望您牽成」。憶得曾文根選北縣議員，宣傳就是四個大字：「無暝無日」。

可是，檢視正在起步的新聞寫作本土化，其流於低俗令人遺憾。「低俗」和「貼近」絕非同胞，不但無法達到親切的效果，達不到引申文義的寫作動機，反而破壞了報紙品質和風格，降低了水準和品味。

媒體為大眾傳播事業。既稱「大眾」，就必須使用大家都看得懂的文字，才能達到傳播效果。其次，所謂「大眾」，服務對象由兒童至老嫗，所以不能低俗。使用本土語言，尤其是俚語，流俗無妨，但不能低級。

上述大眾化、不低俗是「必要條件」。就技術層面而言，應還有兩項「充分條件」，就是掌握版性，營造情境。

就掌握版性而言，地方版適宜使用本土語言。尤其是關於軟性的、鄉情的、鄰里的、花邊的，以及鄉土人物的刻劃，感人事蹟的描寫，本土語言的運用，常會使筆鋒顯現感情。

筆者特別選了中國時報八十六年十二月九日和十一日兩天的所有地方版為樣本（包括所有分版和綜合版），仔細閱讀每一篇報導及標題，非常驚異的發現，中國時報地方版少見本土語言（這和該報全國版本土語言日多的趨勢，大異其趣）。

在兩天的報紙中，標題完全沒有使用本土語言，寫作則各有一條；九日雲林版記者郭良傑：「……表達臺塑與地方做好厝邊的誠意」。十一日桃園版記者黃文傑：「……空嘴嚼舌終會被選民唾棄」。

在地方分版中，用「好厝邊」當然比「好鄰居」親切，「空嘴嚼舌」也比「亂開支票」、「天花亂墜」有趣（不過稍不夠「大眾化」）。

個人是反對在政治版操弄本土語言，因為不莊重，且失手之作也多。例如中國時報在三版社論下每日短評，有一篇名為「蠢蛋一族」，評蘇志誠罵陳鴻基事，內文用了「起痟」、「烏魯木齊」，這些字眼用在正式短評就不莊重。

當然並非評論一定不可以用，中國時報在八十七年二月十四日刊登一篇評論文章，用「啥米攏唔驚」形容青年人，就頗貼切，但是要極為謹慎。

用本土語言的優勢之一，要善於營造情境。例如高雄發生儲水塔灌漿倒塌事件，中國時報頭條的副題是：「廿多人攏跌落去，你們卡緊去救啦！」就很鮮活，把現場緊急的氛圍，整個烘托出來了。

再舉一例，聯合報二版林美玲小姐一篇特稿，第一句話想給當時被圍剿的許信良一個文字定位，她寫到：「做得流汗，卻被嫌得流涎，正是許信良的寫照」。此處俚語就用得不錯，烘托出本土鄉土味，很適合刻劃民進黨人物，如果用在郝柏村從行政院長位子去職，味道就不對了。

華航空難，聯合晚報用超過一百級的頭條做：「雨落抹停」，此處此句，用得有一些悲淒的哀傷，適合情境。

同理，中國時報標題：「阿美族林佳馨想和阿媽對話」，內容是指年輕一代的回頭保存學習母語，此處若將「阿媽」變成「外婆」，反而走味了！

可是如果沒有這些文字情境營造的氣氛，只是單純的使用本土語言，就沒有多大的意義了，茲舉兩例：

中國時報四版：「陸軍將領大搬風　副總司令等嘸人」。中央日報：「香港大雷雨霧煞煞」。此處用本土語言「等嘸人」，「霧煞煞」，沒有錯，但不必要！平淡的直指，有畫蛇添足之感！直指的使用一定要有力，才用的值得。例如中國時報一篇談軍中受訓的文章，用了「別人的囝仔死不完」，就有悲情的力量。

回過頭來，談談大眾化、不低俗兩項「必要條件」。

中時晚報刊了一張百公尺衝線的照片，冠軍貝利衝線剎那回首看其他人，並半露舌頭，題曰「吐嘲」，這個題就不大眾化。中時晚報「一魚三吃　阿扁惦惦呷」，這個題也不大眾化。

中央日報很少在政治版做本土標題，有次很罕見做了一個，就有些失手：「蕭萬長蕭登標　田嘸溝水嘸流」，這個標題就很多人看不懂，尤其是中央日報的讀者很多是老榮民，更是「霧煞煞」。

以前民生報還在時，是每日必閱的報紙，花俏中不失莊重，活潑中不流輕佻，內容具專業風範，但曾看到一個大敗筆：「被控多項強暴罪　梅遜開口說沒幹」，最後一個字刻意用魏碑體突出，這就是低俗。

大家愛用「屌」字，也很怪！筆者手邊紀錄，第一次見到「屌」字，是臺灣日報（八四、六、二三）：「外行人幹大案　騙屌吔！」然後在自立早、晚報和自由時報也曾見過，前述中國時報在短評中用了「起屌」、聯合報二版（八七、二、一二）：「連戰：棄豬保米是屌話」。只有聯合報這個題還說的過去，一方面是直引連戰的講話，另一方面如果連戰使用了「屌話」這個用語，本身就有新聞性。其他用「屌」字都用的不好。

印象中用的最不大眾化，最低俗的，第一名應是自立晚報（八六、二、一九）一版頭條：「屎緊亂彈？　國民黨常會前屎尿一堆」。

我們談了掌握版性、營造情境是「充分條件」；大眾化、不低俗是「必要條件」；但是最後一個條件是所有花俏標題的基本目的，就是趣味。

中時晚報曾做了一個題：「金塊沒三小路用」，有的學生認為還蠻有趣的，我則持相反的態度，這個「沒三小路用」沒有其他一語雙關的意思，只是單純的用了臺語發音，這有什麼趣味可言？

那如何算有一語雙關的趣味呢？舉勁報一個題：「那A按呢！索沙全壘打　小熊必敗無疑？」，這裡用個「那A按呢！」其實沒什麼大義意，但如果是一條很離譜或很離奇的「A」錢新聞，用了「那A按呢！」就有意思了，有驚嘆、有意義。

同理，聯合晚報一個題：「以工代賑啥碗糕　災民：先申請再說」，也沒太大意思，但如果是臺灣發現用致癌物做碗糕，這個題就很好。

文字是有生命的，方言語言的注入，一直是中國文字的變動主體，五四的白話文運動就是文字與語言結合的一次革命。

（美聯社）

全塊 沒三小路用

戰績爛透 實力爛透 加上內鬥把球隊搞得更爛

那A按呢！ 索沙全壘打 小熊必敗無疑？

7月28日以來小熊15場比賽 索沙有6場打出紅不讓 結果這6場戰績全黑 索沙全壘打成為敗戰指標

一北一南 幾無交往 沒有牽連

蕭萬長蕭登標 田嘸溝水嘸流

本土用語優勢在「親切」，但如果情境不適合或別無新意，不如不用（上：中時晚報 88.10.9，8 版。中：勁報 90.8.14，32 版。下：中央日報，88.9.19，3 版）

因此淺見以為，只要把握住大眾化、不低俗、適宜版性、營造情境等四項原則，本土語言可以適當使用。但是從另一個角度看，也不宜過度氾濫，更不宜摻雜意識型態的糾葛。

總的來說，中國文字因有固定形體，沒有隨語言大幅更變，所以宋、明、清的文章，今日仍可欣賞。西歐諸國，文字隨音拼切，現代人已無法讀三百年前的書。黃尊生先生就指出：「英國趙叟的詩文、莎士比亞的戲劇，法國龍隆的詩歌、柯尼爾的話劇、拉新的悲劇，如果沒有註釋，普通人則已不能讀。……而宋版之書，晉唐之帖，漢魏之碑，猶能供一般人欣賞。」

所以，在新聞寫作與標題製作，本土語言是變，一般文字仍是常。

結語

這一本書終於重寫完成了，這本書有四點特色：

(一)全書精華完全依賴經年累月的閱讀坊間各報，翔實收集資料，再加以整理、建構原則、歸納原理而成，所以豐富而多樣的取材是本書一大特色。

(二)完全直指問題核心，就事論事，不僅可做編輯學研究、課堂教材，也盼能成編輯檯上的參考書籍。

(三)本書著墨於許多文字遊戲的分析解剖，所以這不僅是一本編輯及文字變遷的研究書籍，也適合一般讀者閱讀。

(四)加入了照片，是原書所沒有的。

筆者的新聞生涯，大部分在做記者，沒有做過一天的編輯，卻出了一本研究標題與廣告、宣傳用字的書，人生的事總難預料。

憶得當年在讀臺大圖書資訊學系四年級時，有兩學分一學年的「圖書館實習」課程，當時不願到圖書館實習，費盡了千辛萬苦，和系主任為了「生涯規劃」唇槍舌戰了好幾回，才獲准成為圖書館學系有史以來第一位到報社編輯部實習的學生。

再經由于衡老師的大力協助，獲得聯合報當時趙總編輯玉明的首肯，到聯合報高雄版擔任實習編輯，跟隨高雄版主編高琳先生學習，這也創下聯合報編輯部首次有圖書館系學生到編輯檯上實習的先例。

隔年六月大學畢業，一年的實習生涯應該結束，但當時聯合報正推動編務電腦化，這是從未見過的新玩意，技癢又留了下來。九月考上中央日報做記者，正巧電腦化輪到高雄版，於是白天做中央日報記者，下班後還是跑去聯合報做實習編輯，這在國內新聞界恐怕是空前絕後。

剛好那時中央日報和聯合報發生爆炸案，我是唯一每天游走兩報的人，幸好沒惹上嫌疑。

一直等到聯合報高雄版完成電腦化編報（貼版）後，才結束了我整整一年四個月實習編輯生涯，如此長的實習編輯，不知算不算一項紀錄？至少是聯合報的紀錄吧。

寫這本書的念頭在那個時候就成形。自己摸索了一年多，高琳兄師傅帶徒弟，指導很認真，但沒有頭緒，坊間尋書，大多點到為止，視編輯文字為枝微末節。

這樣的念頭藏在心中十幾年，一直在醞釀，卻沒時間發酵，這幾年有機會到文化大學新聞系任教，開了三門課（傳播專題研究、新聞文學、新聞採訪寫作），然後到華梵大學開了四門課，其中一門是「標題製作與版面設計」，才認真動起手來（其他三門為傳播倫理、新聞文學、危機處理的媒體策略）。不知是否是臺灣兼任老師中開課最多的？

最關鍵的在於歐陽師的鼓勵和鞭策。醇師一直要求我出這樣的一本書，並熱情主動表示一定要替我寫序。如今書已出，而醇師杳然，這本書無序，就是留給醇師。歐陽老師雖然沒有寫下一個字，但全書都有老師指導的身影。

也要謝謝《新聞鏡》湯總編輯海鴻兄的支持，本書許多章節曾在《新聞鏡》雜誌上刊載，也曾蒙海鴻兄修改刪節。

想念在紐約世界日報工作的高琳兄，他容忍一個嘮叨的實習編輯在身邊跟班了一年四個月，我的編輯理念是他教的，我們後來成為極好的朋友，時相往來，這可能也是實習生中的少見異數和奇緣吧！

這本書要送給我的父母親，我那擁有極重度殘障手冊的母親，一輩子認為學識思辨才是生命活水的母親，沒有母親的鞭策，不會有這本書的出現。還有我的父親，他對我的種種容忍，常是我前進的最大力量。

推薦閱讀

神探作文

林黛嫚、許榮哲 著

What（是什麼）、Why（為什麼）、How（如何做）、else（反之如何）四個辦案步驟如何和寫作文扯上關係？你知道偵探辦案與寫作過程其實非常相似嗎？本書的主角福爾摩斯接到德文郡警長的邀請，請他到德文郡來解決一件奇案。隨著案情越來越離奇，福爾摩斯面對這些懸疑難解的問題，竟然採用「作文」這個武器來與歹徒周旋！到底福爾摩斯如何利用寫作技巧來破案呢？快翻開《神探作文》，跟著福爾摩斯，一起當個「作文神探」吧！

作文輕鬆學

段心儀、莊淮芬 等著

為你推薦最優質的作文教材——《作文輕鬆學》。本書是由一群執教名校且關心國文教育的老師們合力編纂而成的，除了內容豐富實用外，更有別於坊間作文類書籍的紙上談兵，本書在教材編成後，透過實際授課，證明對提升學生作文能力有顯著的成效。你對浮濫無效的作文書心灰意冷了嗎？你對寫好一篇作文失去希望了嗎？相信這本《作文輕鬆學》絕對能讓你重拾信心，功力突飛猛進！

階梯作文2

邱燮友 等合撰

高中階段的作文，不同於以往，在閱讀的累積和學思的增長之基礎上，需有更進一步的學習、訓練和要求，這也是學子能否進入文學創作與欣賞殿堂的重要關鍵。本書著眼於此，特別從作者的基本素養、作文內容構思、遣詞造句技巧和謀篇布局的方法等四方面，以二十五講子題，詳為解說引證，條分縷析，是學生提昇作文能力的最佳指導。書後並附有「升大學應考作文攻略」，讓您能養兵千日，用在一時，得意考場。

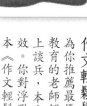

修辭學（增訂三版）

黃慶萱 著

本書從古今七百多位作家的作品以及社會生活用語中，挑選出最美麗、精闢、生動的句子，加以分析比較，歸納出兩大類三十種一百二十目的修辭方法。然後融合邏輯學、心理學、語言學、社會學、文學批評、實驗美學、哲學的相關知識，指出其理論基礎；參考修辭學史，敘述其歷史發展；並儘可能運用語境學、語用學、語體學、風格學知識，說明其使用原則。希望建立理論與實用並重、以修辭格為中心的修辭學，並使讀者能藉此書豐富語文學識，鍛鍊寫作技巧，增進文學鑑賞能力。

廣告學

顏伯勤 著

本書為著者二十年來研究與管理廣告之心得。內容為評析廣告在今日的重要性，及廣告發展與經濟發展的關係，研究各類媒體的功能與價值、廣告的企劃與設計，及促進提高廣告守則。目前廣告學已演進為注重細分化研究；本書偏重以媒體、企劃立場進行研討，故可視為基礎廣告學，供初學者奠定研習基礎。又本書採新嘗試，鼓勵讀者自行尋求有關實例、印證理論，提高研究興趣。是為廣告學之最佳用書。

應用文（修訂五版）

黃俊郎 著

本書針對一般常用的各類應用文加以分列說明，並依照最新「公文程式條例」及「文書處理手冊」修訂公文、會議文書等章節，旁徵博採多種範例，深入淺出地為讀者介紹應用文的專用術語及寫作原則。不但可以作為認識應用文的入門書籍，其詳贍的解釋及貼近生活的事例，更是寫作應用文時的最佳參考。